BIBLIOTHÈQUE DE SURVIE

Frédéric Beigbeder est né en 1965. Romancier, feuilletoniste au *Figaro magazine*, il est notamment l'auteur de *L'amour dure trois ans* (1997), qu'il a porté à l'écran en 2012, *99 francs* (2000), adapté au cinéma en 2007, *Windows on the World* (2003, prix Interallié), *Au secours pardon* (2007), qu'il a adapté et réalisé en 2016 sous le titre *L'Idéal*, et *Un roman français* (2009, prix Renaudot). Il anime par ailleurs l'émission littéraire de Radio Classique.

Paru au Livre de Poche :

99 francs
L'Amour dure trois ans
Au secours pardon
Conversations d'un enfant du siècle
Dernier inventaire avant liquidation
L'Égoïste romantique
La frivolité est une affaire sérieuse
😂 ou L'homme qui pleure de rire
Je crois, moi non plus (*avec J.-M. di Falco*)
Octave Parango
Oona & Salinger
Premier bilan après l'Apocalypse
La Trilogie Marc Marronnier
Un barrage contre l'Atlantique
Un roman français
Une vie sans fin
Vacances dans le coma
Windows on the World

FRÉDÉRIC BEIGBEDER

Bibliothèque de survie

ESSAI

ÉDITIONS DE L'OBSERVATOIRE

ISBN : 978-2-253-93624-4 – 1re publication LGF

À Victor Lutreau

« Il me semble d'ailleurs qu'on ne devrait lire que les livres qui vous mordent ou vous piquent. Si le livre que nous lisons ne nous réveille pas d'un coup de poing sur le crâne, à quoi bon le lire ? »

Franz KAFKA,
Correspondance, 1904

« Être libre !... Je parle tout haut pour que ce beau mot décoloré reprenne sa vie, son vol, son vert reflet d'aile sauvage et de forêt. »

COLETTE,
L'Entrave, 1913

« Celui qui a écrit avant vous a écrit pour vous. »

Hugo PRATT,
Conversation avec Eddy Devolder, 1990

Bréviaire d'incorrection littéraire

Cela fait vingt et un ans que nous sommes au XXIe siècle et pourtant la littérature du XXIe siècle n'est pas encore différente de celle du XXe. En 1921, la littérature française était en totale révolution. Au début du XXe siècle, les nouveaux romans n'avaient rien à voir avec ceux du XIXe. Proust et Céline ont tout changé en trois décennies. Le dadaïsme et le surréalisme ont démodé la poésie classique. On est loin de ces changements en 2021. Pas de formes neuves, d'inventions renversantes, de chamboulements syntaxiques, de bouleversements et de bouillonnements avant-gardistes comme en 1921. Dans quelle direction va le roman contemporain ? Quels sont les grands auteurs du nouveau siècle ?

Ceci est un petit précis de littérature du nouveau siècle : les écrivains du XXIe seront-ils les mêmes qu'au XXe, moins les morts ? Le tri s'opère dès maintenant. On sent bien que Houellebecq et Jauffret trônent toujours en tête. Modiano et Kundera restent les grands maîtres chez nous mais Bret Easton Ellis a perdu sa couronne en Amérique. C'est vrai que la femme est l'avenir, Aragon ne s'était pas trompé : dans ce livre, Maggie Nelson et Deborah Levy, Virginie Despentes et Yasmina Reza brillent en très bonne place, et les jeunes Sofia Aouine, Blandine Rinkel, Marie-Ève Thuot et Emma Becker s'illustrent parce que la critique est aussi un pari. Nous sommes les turfistes de la postérité. Je mise gros sur Jonathan Littell comme l'expérimental post-littéraire de sa génération. Scholastique Mukasonga s'impose subtilement sur le génocide du Rwanda, Philippe Lançon, Riss et Valérie Manteau ont l'élégance des catastrophés. Le roman contemporain hésite entre la force du réalisme ou le flirt avec le Mal. Christophe Tison propose un « spin-off » de *Lolita*, Simon Liberati affronte la beauté diabolique du meurtre de Sharon Tate, Sylvain Tesson est notre Blaise Cendrars en moins mythomane, Vincent Ravalec reste le meilleur nouvelliste contemporain avec sa musique post-djianesque...

J'ai voulu esquisser un panorama rapide pour montrer que non seulement la littérature française n'est pas morte, mais qu'elle cherche même à muter comme le coronavirus, pour ne pas disparaître inexorablement dans le monde qui va suivre.

Cet ouvrage est un choix de cinquante livres sélectionnés arbitrairement par un mâle blanc hétérosexuel français de plus de cinquante ans qui, pour aggraver son cas, est né à Neuilly-sur-Seine. Sur la grille de départ de la compétition victimaire, je me classe en dernière position. Pourquoi mes romans préférés sont-ils parfois offensants, blessants ou choquants ? Parce que je peux me le permettre. Mes goûts sont ceux d'un bourgeois qui veut s'encanailler. En France, depuis le procès de Baudelaire et Flaubert en 1857 (perdu par le premier et gagné par le second), nous avons placé la liberté littéraire au-dessus de tout.

Le but de l'ouvrage que vous tenez entre les mains est de dire que la littérature ne doit pas être édulcorée, nettoyée ou purifiée. Les meilleurs livres sont souvent salaces, répugnants, couverts de crachats, obscènes, ils exploitent ce qu'il y a de plus voyeur en nous, ils exposent ce que la société voudrait masquer, ils révèlent la face obscure de notre humanité, ils fabriquent du beau avec du pervers, ils explorent les limites, dépassent les bornes, enfreignent les interdits. Mais surtout : ils se mêlent de ce qui ne les regarde pas.

Un bon livre est celui qui ne donne pas de leçons.

Jamais je n'aurais imaginé que mes deux premiers essais sur la littérature, publiés en 2001 et 2011, porteraient des noms extralucides : *Dernier inventaire avant liquidation* et *Premier bilan après l'Apocalypse*. J'ai commencé ce tome 3 alors que la police montait la garde devant les librairies fermées par le gouvernement de la France. Je vous promets que j'aurais préféré me tromper, pourtant la fin de mon monde est bel et bien arrivée en 2020. Je me croyais pessimiste par esthétisme alors que, bien malgré moi, je pressentais l'avenir. Il y a une ou deux décennies, je décrivais une littérature menacée de mort : désormais elle fut officiellement, de mars à novembre, une activité considérée par l'État comme inessentielle. *Bibliothèque de survie* est un manuel de combat publié en 2021, dans un monde où la vente des livres a été prohibée par le système « biopolitique » ; le terme n'est pas de moi mais de Michel Foucault. C'est ainsi qu'il appelle le contrôle par l'État de nos corps (dans *Surveiller et punir*, 1975). Dans *Infantilisation* en 2021, Mathieu Laine propose une expression plus drôle : « l'État nounou ». J'estime nécessaire d'avertir ici mon lecteur avant qu'un nouveau décret biopolitique de notre nounou ne proscrive toute activité culturelle autre que la promenade de son chien dans un rayon de cent mètres autour du commissariat le plus proche.

Il faut bien voir les choses en face : la fermeture des librairies françaises par le ministère de la Santé a été l'aboutissement d'un processus de destruction de la littérature entamé bien auparavant. Le délire de censure est antérieur et profond. Il vient de la *cancel culture* née du politiquement correct américain, lui-même initié dans les années 1990.

Je dois ici faire un aveu qui va décevoir mes fans : je suis politiquement correct. Décourager la publication de textes sexistes, racistes ou homophobes me semble absolument indispensable. Si je suis dans un dîner et que j'entends un convive traiter quelqu'un de « sale pute », « sale nègre » ou « sale pédé », je vais prendre une chaise et la lui jeter dessus – car avec mes petits poings, j'ai bien peur de n'obtenir aucun résultat. J'ai commencé ma carrière de chroniqueur littéraire au magazine *Globe* dans les années 1980. J'ai milité contre le racisme publicitaire dans *99 francs* en 2000. J'ai filmé un mariage gay avant que cette institution ne soit légalisée en France (*L'amour dure trois ans*, 2011). J'ai écrit un roman et un film pour combattre le sexisme, le racisme, la transphobie et la pédophilie dans le milieu de la mode (*Au secours pardon*, 2007, et *L'Idéal*, 2016). J'ai même été humoriste à la matinale de France Inter durant trois saisons, c'est dire si j'ai donné des gages à la bien-pensance. Mais je suis aujourd'hui forcé d'admettre que le politiquement correct détruit la liberté d'expression de nombreuses manières, toutes très aimables. Le point commun entre la crise sanitaire et la *cancel culture* est l'hypersensibilité. Nous sommes entrés dans une ère douillette. Non seulement nous n'acceptons plus d'être malades, mais nous refusons même d'être vexés. Tout le monde s'improvise flic : dans la rue si un passant ne porte pas son masque, et sur Twitter si quelqu'un écrit une phrase qui nous déplaît. Nous critiquons l'État-policier alors que le problème c'est nous : les citoyens-policiers. Pourquoi tout le monde est-il devenu si susceptible ?

Pour lutter contre les discriminations, on aboutit à disqualifier des livres à cause du sexe de leur auteur, de son casier judiciaire, de sa date de naissance, de ses origines sociales ou de sa couleur de peau. On finit par exiger l'interdiction d'œuvres dont l'auteur n'est pas un citoyen exemplaire, ou dont la biographie ne correspond pas au sujet dont il parle, et élaguer les manuscrits comportant des passages susceptibles de froisser une minorité. Certains demandent que l'on cesse d'inviter dans les médias les auteurs avec lesquels ils ne sont pas d'accord ; d'autres se vantent de ne plus lire les œuvres écrites par des personnes du sexe masculin. L'idée de correction politique était noble, mais elle avait un défaut : elle présupposait que la littérature a une mission, et que celle-ci est d'élever les consciences, de montrer la voie vers un monde meilleur, de dire le bien sans montrer le mal, d'édifier les masses pour les conduire vers un bonheur parfait.

Tel n'est pas du tout son rôle. Comme l'écrit Philippe Sollers dans son dernier livre : « La littérature n'est pas là pour dire le bien. Elle alerte. » (*Agent secret*, 2021). Aux Pays-Bas, les réseaux sociaux ont reproché à la traductrice néerlandaise d'Amanda Gorman d'être blanche. Devant l'ampleur et la virulence de la polémique, Marieke Lucas Rijneveld a dû renoncer à effectuer ce travail. Ainsi nous entrons dans un monde où les Noirs doivent être traduits par des Noirs. C'est la négation de l'ouverture. J'avais cru que la littérature servait justement à connaître ce que l'on ne connaît pas. La traductrice ne « s'appropriait » rien : elle essayait de se mettre à la place d'une autre. La seule chose qu'on lui demandait, c'est d'avoir du talent. Un auteur qui parle de ce qu'il ne connaît pas peut être aussi brillant qu'un auteur qui parle de ce qu'il connaît. La littérature doit permettre aux artistes de s'imaginer une autre vie que la leur. C'est une question de curiosité. Chez Rabelais, Panurge dit à Pantagruel qu'il a faim en treize langues, dont le grec, le latin, le basque, et trois langues imaginaires. La littérature est la soif de communiquer avec tout ce qui est étranger. C'est vouloir croquer le monde entier. Si l'on défend aux écrivains de parler de la vie des autres et dans leur langue, autant fermer tout de suite les frontières, prohiber les voyages, séparer définitivement les humains les uns des autres. Oups, pardon, c'est exactement ce qui se passe en ce moment.

Des titres sont corrigés (*Dix petits nègres* deviennent *Ils étaient dix*), d'autres sont carrément retirés des librairies (les journaux de Matzneff). *La Belle au bois dormant* est accusé de faire l'apologie du viol, *Autant en emporte le vent* est considéré comme un roman raciste, tout comme *Le Livre de la jungle* de Kipling. On reproche à *Carmen* de mettre en scène un féminicide mais que faire de *Combat de nègre et de chiens* de Bernard-Marie Koltès (1980) ? Faut-il rebaptiser cette pièce *Combat de racisés et de canidés* ? Et que dire de *Comment faire l'amour avec un nègre sans se fatiguer* de Dany Laferrière (1985), ce premier roman hyper provocateur de l'académicien d'origine haïtienne, racontant la vie sexuelle débridée d'un jeune Noir qui saute des Blanches à Montréal en écoutant du jazz pour se venger de l'esclavagisme ? On retire des librairies ou pas ?

L'éditeur de Bruce Wagner lui a demandé de couper le mot « fat ». Il décrivait une personne grosse, il a choisi cet adjectif. On lui a suggéré d'écrire « forte » ou « en surcharge pondérale » mais pas « grosse ». Bruce a quitté sa maison d'édition et publié son dernier livre directement sur Internet. Aux États-Unis, des étudiants en lettres, choqués par *Gatsby le Magnifique*, réclament des *trigger warnings* (« avertissements au lecteur ») pour prévenir les lecteurs que Tom Buchanan harcèle sa femme Daisy.

Philippe Muray avait raison : « Depuis *L'Empire du bien*, le bien a empiré. »

En 2020, j'ai rencontré deux reporters du *New York Times* – Norimitsu Onishi et Constant Méheut – qui voulaient purifier le milieu littéraire français : louable lutte, il y a du pain sur la planche. Ils reprochaient aux membres du Renaudot d'être vieux et à 90 % de sexe masculin. Je leur ai répondu que je ferais mon possible pour accélérer le décès de mes confrères âgés, afin de les remplacer par des femmes. Ensuite ils ne comprenaient pas pourquoi les membres l'étaient à vie au lieu de changer chaque année comme au Booker (britannique) et au Pulitzer (américain). J'ai dit que je n'étais pas responsable des statuts gravés dans le marbre il y a un siècle, mais que les pressions éditoriales, les jeux de pouvoir, les amitiés et les fâcheries, les déjeuners en ville, les renvois d'ascenseur et les coucheries dans toutes les positions avaient, bizarrement, abouti à un meilleur palmarès que les quotas, la parité, la transparence et les *feel-good books* des prix anglo-saxons. Bien qu'auteur politiquement correct, je constate que l'univers prétendument frelaté dans lequel je gravite depuis trente ans permet l'éclosion de livres plus libres, nouveaux, provocateurs et inventifs que la dictature de la bien-pensance, avec sa discrimination inversée et sa culpabilité tardive. Voulons-nous que les prix littéraires français s'alignent sur le système des Oscars aux États-Unis, où désormais ne sont éligibles pour la catégorie « meilleur film » que les œuvres contenant 30 % de personnages noirs, arabes, hispaniques, asiatiques, indiens, LGBT, femmes ou handicapés ?

Ma réponse n'a évidemment pas été publiée dans le journal américain.

La question de la séparation entre l'œuvre et l'artiste a été réglée par Proust dans *Contre Sainte-Beuve*.

Il implore qu'on ne juge pas un roman sur la vie de son auteur. Proust répond assez clairement à l'argument de Blanche Gardin (« C'est étrange comme la séparation entre l'œuvre et l'auteur ne s'applique qu'aux artistes, on ne dit pas d'un boulanger : certes il viole des enfants dans le fournil mais il fait une baguette extraordinaire. ») : le client du boulanger peut continuer de manger sa baguette car c'est à la police d'arrêter le criminel, pas au consommateur de croissants. Proust distingue le « moi social » du « moi intérieur ». Si le moi social viole des enfants dans le fournil, la justice doit le juger, mais le lecteur n'a pas à connaître autre chose que le moi intérieur. Un lecteur veut juste lire un beau livre et les beaux livres sont parfois écrits par des monstres. Dans cette bibliothèque de survie, je parle beaucoup de la vie des auteurs (je suis plutôt un critique « beuvien ») mais judiciairement je suis proustien à bloc. Les œuvres doivent être détachées de la vie criminelle de leurs auteurs infréquentables.

C'est à la police et la justice de faire respecter la loi. Et aux critiques de soutenir tous les talents, qu'ils soient ceux d'un saint ou d'un psychopathe.

Selon moi, le cœur du problème est là : les correcteurs politiques veulent repeindre le monde en bien. En tant qu'écrivain politiquement correct, je suis tout à fait d'accord sur ce projet : il est tout de même embêtant que le monde soit aussi immoral. Mais n'est-ce pas ce qui fait sa beauté ? Le monde ne contient pas que du bien. Le monde n'est ni bien ni mal, il est. Parfois la vie est immonde, imparfaite, injuste, pénible, horrible, et tout d'un coup une lumière apparaît et nous inonde de joie. Un poète le savait, c'est Baudelaire. *Les Fleurs du mal* est le titre qui résume tout. Ce n'est pas *Les Rhododendrons du bien*. La fleur pousse sur le charnier, s'épanouit sur le dégoût, ses pétales resplendissent peut-être pour nous faire oublier l'abjection de son terreau. Le plus grand recueil de la poésie française fut la première œuvre censurée par le politiquement correct. Ce fut aussi le cas de *Le Pur et l'Impur* de Colette, que je place tout en haut de ma liste. Cette lutte permanente entre le pur et l'impur a lieu en chacun de nous. Elle constitue le sujet central de toute littérature. Le pur ne vaincra jamais l'impur, c'est un leurre de l'espérer. Le désir de pureté nous élève, mais l'acceptation de notre impureté nous soulage. Jean Cocteau a condensé ce dilemme en une formule magique : « La grandeur de Madame Colette vient de ce qu'une inaptitude à départir le bien du mal la situait dans un état d'innocence. » Les meilleurs écrivains sont presque tous des personnes de mauvaise vie. Arrêtons de demander aux artistes d'être parfaits. C'est le contraire de leur métier. Je voudrais être un homme bon mais je n'y arrive que rarement. C'est cela qui mérite d'être raconté. Notre rôle n'est pas d'édifier les masses mais de décrire nos faiblesses en beauté. Comme l'écrit Jean Genet dans *Notre-Dame-des-Fleurs* en 1943, « m'inhumaniser est ma tendance profonde ».

Dans la bibliothèque qui suit, vous trouverez trois survivants de *Charlie Hebdo*, beaucoup de détraqués sexuels dont un qui éventre une femme enceinte, des toxicomanes notoires, des lesbiennes tatouées, des sodomites arrogants dont l'un soutient que « le péché est la seule note de couleur vive qui subsiste dans le monde moderne », des féministes hétérosexuelles, des misanthropes fiers de l'être, un collabo et plusieurs nymphomanes, des juifs antisémites, au moins trois sadiques impunis, une bonne moitié de bourgeois non repentis, une victime de pédophile qui se prend pour Lolita, une escapade comique à Auschwitz, plusieurs attentats sanglants, un tremblement de terre épouvantable, une douzaine de décadents dont l'un ayant passé deux ans en prison, deux suicidés, deux gueules cassées, deux ex-prostituées et deux strip-teaseuses fort épanouies. Et la gagnante de mon hit-parade est une femme qui a quitté son mari pour son beau-fils de dix-sept ans.

La culture *woke* (en français traduire « culture ouin-ouin ») milite contre les discriminations raciales, sociales, religieuses et sexuelles. En tant qu'écrivain politiquement correct, je suis hostile à toute forme de racisme mais je sais aussi que le rôle des romans n'est pas de corriger les injustices. En fait, les romans n'ont aucune mission. Le but de la littérature n'est pas la résilience, ni même de réparer les déséquilibres de la société. Scoop : la littérature ne sert à rien qu'à être belle et donner du plaisir au lecteur. Il faudrait appliquer à l'écriture la règle britannique du « *never explain, never complain* ». Une bonne fiction est celle dont l'auteur n'explique rien et ne passe pas tout son livre à geindre. Faut-il vraiment américaniser les comportements culturels français ? La tentative de disqualification du jury Renaudot par le *New York Times* cache une guerre bien plus fondamentale entre les indignés qui veulent moraliser l'art et les érudits qui croient encore que le goût ne se discute pas. D'un côté des œuvres jugées selon des critères physiques, judiciaires et LGBT, de l'autre des lauréats choisis selon le plaisir le plus capricieux et une subjectivité imperméable. Les deux camps qui s'affrontent sont assez faciles à opposer : le pur contre l'impur. Quel camp choisissez-vous ? La question est là, et de la réponse dépend désormais l'avenir de la littérature. Je parie que Colette préférait l'impureté à la pureté mais elle n'est plus là pour le certifier. Le plus beau personnage de *La Montagne magique* de Thomas Mann est une femme, Clawdia Chauchat, qui déclare : « Il me semble qu'il ne faut pas chercher la morale dans la vertu mais plutôt dans le contraire [...] en s'adonnant au danger, à ce qui est nuisible, à ce qui nous consume. »

Nous devons mener une lutte cruciale au XXIe siècle en ne cédant pas sur la liberté des artistes, y compris celle de se tromper et de se salir pour faire de l'or avec la boue. Le prix Renaudot est une activité bénévole qui ne coûte rien aux contribuables français. Ses jurés remettent leur prix à qui ils le veulent et n'ont de comptes à rendre à personne. La critique littéraire doit demeurer un art intégralement antidémocratique. Cela n'a l'air de rien mais il est crucial pour l'avenir de la littérature française que l'art reste une zone incontrôlable par l'Empire du Bien. Pour résumer ma position en une phrase : j'aime les moralistes, je hais les moralisateurs. Et je me demande pourquoi la gauche a toujours ce problème avec la liberté. Pourquoi les êtres les plus humanistes et progressistes finissent toujours par réclamer la censure, l'effacement, l'interdiction ? J'ai beau me considérer toujours comme un altermondialiste écoresponsable, sur ce point la gauche demeure un mystère pour moi. N'est-il plus possible d'être engagé et démocrate à la fois ?

Dans la pièce d'Eschyle, *Les Euménides* signifient « Les Bienveillantes » en grec, mais dans la version latine ces déesses deviennent « Les Furies ». Qu'ont voulu nous dire les Romains dans leurs sandalettes ? Que la bienveillance rend furax. Les bienveillantes ont des serpents en guise de cheveux et du sang qui coule de leurs yeux. Le message est clair : il faut se méfier de la bienveillance car elle a toujours dégénéré en délire sécuritaire. C'est arrivé par le passé, cela se reproduit en ce moment, et cela continuera dans le futur, tant qu'il y aura des gentils sauveurs de l'humanité qui voudront imposer leur bonté à tous ceux qu'ils auront désigné comme les malveillants. Depuis l'Antiquité, la bienveillance est l'autre visage de l'autoritarisme. Finalement la fermeture des librairies, des théâtres, des cinémas et des discothèques ne fut pas un hasard : par un glissement somme toute logique, la bienveillance sanitaire devenue bien-pensance sécuritaire aboutit à la haine de la liberté de se rassembler, de se serrer la main et de danser, mais aussi de débattre et de réfléchir. Pour bien appliquer les gestes barrières, il fallait que tout le monde marchât du même pas, il fallait que tout le monde obéît à BFM, il ne fallait pas de discussion, pas de culture, pas d'intelligence, uniquement de la discipline. Quand il s'agit de sauver des vies, on n'a plus le luxe de douter. Quand il entend le mot « culture », le ministre de la Santé sort son revolver, et quand elle entend le mot « santé », la ministre de la Culture ferme sa gueule. Même les restaurants sont des endroits de conversation : à proscrire, donc.

L'hygiénisme n'est pas un humanisme.

Le précautionnisme est un puritanisme.

Le néo-maccarthysme est un néo-jansénisme.

On est de retour au début du XVIIe siècle, quand le jansénisme de Port-Royal donnait des leçons de vertu au faste de Louis XIV. Nous faisons face à un retour de la morale protestante hostile à toute fantaisie et tout plaisir, jugé décadent. En réalité, nous vivons une nouvelle version de la guerre de religion entre les catholiques (français) et les protestants (américains)... en remplaçant Dieu par Twitter.

L'hygiène peut être physique (lavez-vous les mains et n'embrassez personne) mais aussi mentale (il sera défendu de penser autrement que le pouvoir, toute incorrection politique est punissable de bannissement médiatique). La trouille et la susceptibilité des autres nous conduisent à accepter les interdits et la censure. Et voilà comment un romancier politiquement correct se révèle, ici même, un chantre de l'incorrection littéraire. Ou alors c'est l'âge, mes origines sociales, ma blancheur de peau et ma masculinité toxique qui ont fini par déterminer mes goûts sans que je m'en aperçoive.

Je ne dis pas qu'on doive séparer le Beau du Bien. Comme tout le monde (et notamment Platon), j'aimerais que les deux puissent coïncider, ce qui se produit, quelquefois, mais rarement. Charlie Chaplin est un exemple d'artiste qui a su produire du Beau avec du

Bien. En littérature, le rêve de perfection platonicienne est plus ardu à réaliser qu'au cinéma. Pour échapper à la niaiserie, on abuse du sarcasme ; pour fuir le sucré, on rajoute du salé ; par peur d'être mièvre, on devient cynique. Dans cette liste, je ne vois qu'Alain-Fournier et Éric Holder qui soient parvenus à être bons et beaux à la fois, les autres ont plus de Mal. Molière a besoin de ridiculiser, Kundera d'ironiser, Wilde cultive l'arrogance, Huysmans et Dostoïevski la misanthropie, Fitzgerald le désespoir chic, Kafka la paranoïa, et Roth a raconté la *cancel culture* américaine dès *La Tache*, en 2000.

En attendant le triomphe du Bien, je dois constater, avec dépit, que, pour l'instant, la liberté est une meilleure muse que la morale, surtout quand les principaux ennemis à abattre sont l'ennui et la laideur.

Frédéric Beigbeder, 1er mars 2021

Mon top 50 de 2021

Numéro 50

Le Nom secret des choses
de Blandine Rinkel (2019)

Voici l'histoire d'une provinciale à la conquête de Saint-Germain-des-Prés : Blandine Rinkel se prendrait-elle pour Rubempré ? Rien n'est plus difficile que d'écrire son deuxième roman. On ne surprend pas deux fois : on commence déjà à radoter. On rame, on déçoit, on s'embourgeoise…

L'exception à cette règle se nomme Blandine Rinkel. Son deuxième livre est bien meilleur que le premier (*L'Abandon des prétentions*, 2017). *Le Nom secret des choses* raconte l'arrivée à Paris d'une jeune Vendéenne de dix-huit ans, sa solitude joyeuse, sa pauvreté cachée, ses complexes culturels, sa sexualité polie, sa fascination pour une étudiante de Tolbiac aux lèvres orange, son changement de prénom, bref, son passage à l'âge adulte. Sur ce vieux sujet cher à Balzac (l'arrivisme du jeune « montant » à la capitale), elle réussit à pondre un roman extraordinairement sensible et original.

Blandine Rinkel est la chanteuse d'un groupe nommé « Catastrophe » dont le tube s'intitule *Party in my Pussy* : il y avait de quoi s'inquiéter. Or son style échappe à toute potacherie. Elle utilise brillamment la deuxième personne du singulier, comme Jay McInerney dans *Bright Lights, Big City*, dont ce livre est une sorte d'équivalent féminin, trente ans après et de l'autre côté de l'Atlantique. Donc en fait je dis n'importe quoi et ça n'a rien à voir.

Nous sommes dans les années 2010, quand déménager à Paris était encore une aventure. Ce qui frappe Océane d'emblée, c'est le bruit permanent de cette « ville de spectateurs », un monde indifférent et violent, un endroit où « avoir faim est une manière de passer le temps ». Personne ne décrit mieux la capitale française que cette campagnarde qui la découvre comme une extraterrestre. Elle apprend vite l'art de fumer des cigarettes en prenant un air blasé à la terrasse des cafés, et celui de s'ennuyer dans les cuisines des appartements des garçons, en fin de nuit. Elle finira par comprendre qu'un Parisien est un provincial qui imite les films d'auteur.

Blandine Rinkel parle de déterminisme social avec légèreté et élégance : elle n'a nulle revanche à prendre. C'est Édouard Louis en plus doux, narquois, ethnologue. Le snobisme ne la révolte pas : elle l'étudie et finit par le pratiquer mieux que les autres. Grandir, c'est apprendre à mentir, à frimer, à faire semblant d'être sûr de soi. *Le Nom secret des choses* n'est pas un livre mais un décodeur. « Tout le temps, tu crains d'être démasquée. » Que l'on rassure Océane, pardon,

Blandine Rinkel : à l'université, c'est grave d'être démasqué, mais dans un roman c'est la plus haute des qualités. Jouer au mythomane pour, ensuite, mieux ôter son déguisement : existe-t-il un plus beau résumé de l'histoire littéraire ?

Numéro 49

L'Effet maternel de Virginie Linhart (2020)

L'Effet maternel exerce un droit d'inventaire sur les *seventies*, et explore les conséquences du féminisme sexuel. « Conséquence, conséquence… Est-ce que j'ai une gueule de conséquence ? » Ainsi pourrait s'exprimer Virginie Linhart avec l'accent d'Arletty. Son récit bouleverse par sa candeur détruite, celle d'une enfance au pays des enfultes. (Intéressant : mon correcteur automatique a proposé « enflure » à la place d'« enfulte ».) Dans les années 1970, Virginie Linhart a été éduquée par une mère célibataire, fantasque et libérée, qu'elle entendait jouir derrière le mur de sa chambre toutes les nuits, avec des amants différents. Elle a vécu une enfance déstructurée, chaotique et traumatique. Justine Lévy a raconté la même chose dans *Le Rendez-vous* en 1995. Seules des femmes pouvaient écrire de tels livres. Un homme qui critiquerait la libération de la femme serait lynché illico (seul Houellebecq a la permission). Dresser le bilan du féminisme des *seventies* n'est pas chose aisée.

Tout le monde est favorable à l'égalité entre les femmes et les hommes, ce n'est même plus un sujet de débat. En revanche, un récit précis et féminin peut montrer les dommages collatéraux du MLF : « le bordel qu'était la famille dans laquelle je suis née ». Le témoignage de Virginie Linhart est ambigu, parfois choquant, parfois nostalgique ; elle se souvient d'une époque de cafouillage, d'improvisation, d'expériences folles. Elle a fait un enfant avec un ex de sa mère. Celle-ci a fini par lui asséner qu' « il n'en voulait pas de cette gosse » et qu'elle aurait dû avorter. On savait la relation mère/fille toxique depuis Sophocle, mais elle est encore plus bizarre quand la mère d'une ado se comporte comme une ado. La compétition pour séduire, le père dépressif, la mère nymphomane : pas facile de grandir dans une tragédie grecque chez des intellos parigots, vers la fin du XXe siècle[1]. L'imprudence des parents dans les années 1970 était justifiée par la priorité accordée à la liberté sur la sécurité. Comme l'a très justement remarqué Arnaud Viviant au « Masque et la Plume » à propos du *Consentement* de Vanessa Springora (2020), cette hiérarchie est aujourd'hui inversée. On traversait la France en Coccinelle enfumée, sans ceinture. La décennie où Matzneff draguait des collégiennes fut aussi celle où nos mères ont quitté nos pères. Le sexe était omniprésent et obligatoire. Les enfants voyaient tout. Une période de pétage de plombs

1. Virginie est la fille de Robert Linhart, auteur de *L'Établi*, un unique récit de son embauche à l'usine Citroën, après Mai 68, pour fabriquer des 2 CV. L'échec de cet engagement ouvrier l'a conduit au silence public. *(Note de l'auteur anticapitaliste.)*

compréhensible, deux décennies après la Shoah, mais difficile à pardonner. Au moment où une pneumonie chinoise nous contraint à inventer une vie nouvelle, il est crucial de lire ce récit pour comprendre quels dysfonctionnements nous ont menés au suicide collectif. Le problème tient en un seul mot : égoïsme.

NUMÉRO 48

Le Sillon de Valérie Manteau (2018)

En 2015, une jeune femme glande dans Istanbul avec un amant turc qui ne la touche plus. Résumé ainsi, on a autant envie de lire le Renaudot 2018 que de se faire arracher toutes les molaires par le docteur Mengele. Et pourtant, *Le Sillon* de Valérie Manteau dégage un charme fou. Ce qui nous amène à nous poser la question qui tue (au sens propre) : et s'il existait une école littéraire de *Charlie Hebdo* ? On décèle en effet de nombreux points communs entre le dandysme groggy de Philippe Lançon (prix spécial du même jury, voir plus loin), la révolte froide de Riss (voir plus loin aussi) et le désœuvrement mélancolique de Valérie Manteau, comme celui de Sigolène Vinson dans *Les Jouisseurs* et *La Canine de George* ou la confession politique de Coco, *Dessiner encore* (2021). Livre après livre, les auteurs de *Charlie* inventent une écriture post-traumatique, qui alterne accès de désespoir et gratitude d'être vivant. Les dessins de Luz dans *Indélébiles* expriment aussi cette amertume tendre : la gueule de bois de la caricature. Imaginez une bande de satiristes sonnés, chaque matin K.-O. debout, des déconneurs irresponsables transformés en punching-balls terrorisés et néanmoins doux comme des agneaux. Depuis qu'ils se sont remis à écrire, après le bain de sang du 7 janvier 2015, leur talent gagne en sensibilité, mais ils ne cessent de trébucher, comme Bandini dans *Demande à la poussière*. Valérie Manteau, ou sa narratrice qui lui ressemble comme deux gouttes de raki, promène son chagrin dans Istanbul ; bien avant l'attentat du *Reina*, elle est déjà en deuil de l'insouciance. C'est un livre sur la légèreté perdue sur les rives du Bosphore. Elle boit du whisky le matin, prend des cours de yoga, crèche chez une fille avec un barbu qui s'endort par terre, au matin elle enjambe, en souriant, son corps allongé devant la porte, comme si c'était un cadavre. Le style *Charlie* est une réponse pacifique aux balles : « *They call it chaos, we call it home.* » La narratrice enquête sur Hrant Dink, ce journaliste tué en 2007 par un nationaliste, devant son journal (nommé *Le Sillon*). Cette mort l'aide indirectement à digérer ce qui s'est passé à Paris, sans lourdeur. (Elle avait déjà réagi à l'extermination de Wolinski, Cabu et les autres dans *Calme et tranquille* en 2016.) Il faut dire les choses franchement : les œuvres post-7 janvier de la bande à *Charlie* constituent une leçon d'élégance. On n'était pas forcément client de tout ce que l'hebdo produisait auparavant, mais on ne peut que s'incliner devant tant de stoïcisme après.

Ceux qui ne te tuent pas te rendent plus fort. Les assassins en jogging ont raté leur coup. Ils ont tué des dessinateurs, mais tous ceux qui ne sont pas morts sont devenus des écrivains.

Numéro 47

Journal de L. de Christophe Tison (2019)

Au départ, cela ressemblait à une fausse bonne idée. Certes, *Lolita* de Vladimir Nabokov est la confession d'un pédophile qui kidnappe et abuse d'une adolescente de douze ans. Mais pourquoi faire un procès à un personnage de roman des années 1950 ? Et surtout pourquoi réécrire un chef-d'œuvre aussi brillamment malsain ? C'est s'exposer à deux écueils : la comparaison – forcément écrasante – avec un des plus étincelants stylistes du XXe siècle, et la tentation d'aseptiser, d'édulcorer ou d'actualiser un roman tellement sulfureux qu'il ne trouverait probablement pas d'éditeur aujourd'hui. Christophe Tison a voulu donner une voix à Dolores Haze, la Lolita qui est devenue un mythe moderne en supprimant la majuscule de son prénom. Il relève son défi insensé en se fondant dans l'âme de la fillette la plus allumeuse du XXe siècle. *Journal de L.* n'est pas une réécriture de *Lolita* mais le carnet intime d'une jeune Américaine, séduite, manipulée, enlevée par un adulte obsédé par sa jeunesse et ses socquettes blanches. Entrer dans le cœur de cette adolescente paumée, tantôt naïve, tantôt rouée, est le moyen qu'a trouvé Christophe Tison pour écrire la suite de son récit d'enfance, *Il m'aimait* (2004), le livre qui dénonça la pédophilie et l'inceste des *seventies* bien avant *Innocence* d'Eva Ionesco (2017), *Le Consentement* de Vanessa Springora (2020) ou *La Familia grande* de Camille Kouchner (2021). La description crue de l'emprise insidieuse de Humbert Humbert (réduit à un « Hum » dubitatif) et l'ambiguïté de situations analogues à celles qu'il a vécues avec un ami de ses parents confèrent à cette odyssée une atmosphère de réalisme troublant. *Lolita* n'était pas un roman naturaliste mais un conte de fées tordu. Portrait d'une fascination destructrice, le roman de Nabokov papillonnait dans les hautes sphères de l'irréalité chère à Vlad l'Enchanteur.

Avec Tison l'on passe du léger au glauque, du rêve au cauchemar, du fantasme à la révolte, de la poésie à la pornographie. Il aurait pu se contenter de « victimiser » Lolita, mais il est plus subtil que cela. Page après page, il montre comment l'infante s'enfonce dans sa soumission comme engourdie, anesthésiée, somnambule et même complice, par paresse ou innocence. Alors, oui, certains paragraphes donnent envie de jeter le livre par la fenêtre d'une Cadillac rose décapotable, mais ils sont toujours suivis d'un éclat de lumière, d'une revanche romantique ou d'une glace à la vanille. Espérons que la réussite de ce projet fou n'incitera pas des auteurs moins talentueux à corriger toutes les œuvres politiquement incorrectes du passé : Justine critiquant le vilain fouet du divin Marquis,

Gargantua mangeant du tofu, Madame Bovary fidèle à son mari, Baudelaire trinquant à l'eau minérale ou Léopold Sédar Senghor n'évoquant plus sa négritude mais sa racialité.

Numéro 46

Écoute la ville tomber de Kate Tempest (2016)

J'ai aimé ce livre sans rien connaître de son auteur, grâce à une phrase : « L'humanité qui se déverse autour d'eux évoque un fleuve visqueux et bavard. » Je l'ai lu comme le premier roman d'une Anglaise un peu fofolle qui raconte les galères d'une bande de paumés à la *Trainspotting*. Ce n'est qu'après avoir suivi les désillusions de Becky la danseuse, Harry la dealeuse et Leon, son meilleur ami, que je me suis renseigné sur Kate Tempest. C'est alors que j'ai appris qu'elle était une poétesse slamant dans les pubs du sud-est de Londres, un mélange de Janis Joplin et PJ Harvey, et qu'elle avait publié deux albums de *protest songs*, dont l'un s'intitule *Let Them Eat Chaos* (allusion au « *Let them eat cake* » de Marie-Antoinette…). Je ne sais pas si j'aurais apprécié son roman avec la même innocence si j'avais su qu'elle y recyclait certains de ses monologues théâtraux et poèmes éructés au *Rivoli Ballroom*, parfois retransmis en direct sur la BBC. Mais je ne vais pas changer d'avis sous prétexte que je suis tombé dans le panneau d'une rappeuse punk ! De même que j'avais publié *Une fièvre impossible à négocier* de Lola Lafon en 2003 sans savoir qu'elle était la chanteuse d'un groupe de rock balkanique. L'Art pour l'Art m'ennuie, mais j'essaie tout de même de juger le Livre pour le Livre.

Tempest est-il un pseudonyme ? Ce nom résume à lui seul l'énergie des personnages baroques d'*Écoute la ville tomber*, cherchant à survivre dans la ville aux loyers les plus chers du monde. Depuis *L'Odyssée* et *Don Quichotte*, le roman raconte toujours la même aventure : quelques inadaptés refusent de se plier aux codes de la société des hommes, n'y parviennent pas, s'échappent quand même, reviennent et meurent vers la fin. *Écoute la ville tomber*, c'est Charles Dickens sous ecstasy.

Quand on refuse d'aller au bureau, les choix de vie ne sont pas innombrables : on commence par foutre le camp en voiture pour faire la teuf, et ça se termine en vendant de la drogue pour s'acheter la sienne. La clochardisation prend quelques semaines. On arrête de prendre des douches, on boit pour ressembler à Bukowski, mais tout ce qu'on devient, c'est un pauvre hère.

L'écriture de Miss Tempest est lyrique, ébouriffée. On la reçoit comme un rot de bière au visage. La vie qu'elle refuse, c'est notre confort. « Un seul sujet de conversation : son nombril. » Cette histoire a été racontée souvent, mais on ne s'en lasse pas. Chaque génération a besoin de l'écrire. On sait où elle se termine. Kate Tempest n'est pas morte d'une overdose à vingt-sept ans : c'est donc qu'elle finira ministre.

Numéro 45

Cortex d'Ann Scott (2017)

Une énorme bombe explose lors de la cérémonie des Oscars, au Dolby Theater. *Cortex* raconte l'attentat le plus show-biz de l'histoire. On tourne les pages avec curiosité, puis fascination morbide, on a honte de son voyeurisme, et enfin on admire la prouesse littéraire. Cela faisait sept ans qu'Ann Scott avait disparu des radars (depuis *À la folle jeunesse*, 2010). Elle revient en force avec ce thriller apocalyptique où elle assassine (au sens propre) toutes les stars de Hollywood : Meryl Streep est éventrée page 73, Julia Roberts brûlée vive page 80, Al Pacino défiguré page 82, Brad Pitt décapité page 84… La liste complète des stars décédées est fournie aux pages 276, 277, 278 et 279. Je précise, à l'attention de leurs fans, que Jennifer Lawrence et Jessica Chastain s'en sortent, contrairement à Leonardo DiCaprio et George Clooney. La quasi-totalité des célébrités américaines est exterminée. Ce n'est pas un attentat islamiste, pour une fois. Ann Scott a sans doute voulu éviter de plagier *Plateforme* de

Houellebecq. Mme Scott ne publie pas souvent, mais quand elle s'y met, c'est toujours – pardon pour cette épithète facile – explosif.

Cette contemporaine de Virginie Despentes est angoissée par l'avenir, comme une sorte de punk réac. Il faudrait m'expliquer pourquoi, si on est un romancier français, la paranoïa est fasciste, alors que si on s'appelle James Ellroy, elle est une preuve de génie visionnaire. Elle fit jadis entrer en littérature le grunge (*Asphyxie*, 1996), la culture DJ (*Superstars*, 2000), avant de devenir un Maurice Dantec du sexe opposé (*Le Pire des mondes*, 2004). *Cortex* est son roman le plus ambitieux. La description de l'attentat aux Academy Awards est tout simplement époustouflante : un morceau de bravoure comme on en trouve rarement dans notre PLF (paysage littéraire français). Son éditeur, Manuel Carcassonne, a fait un étrange pari en publiant ce roman spectaculaire entre les deux tours de l'élection présidentielle, alors qu'il aurait tout à fait mérité sa place à la rentrée de septembre. Ultradocumenté et hyperréaliste, *Cortex* est un film d'action gore qui peut certes se dévorer sur une plage l'été, mais il est aussi un exercice de style, fantasmé et naturaliste, sensoriel et introspectif. Les phrases de Mme Scott se sont allongées, elle prend son temps pour décortiquer l'enfer comme un peintre des vanités contemporaines. Ce thriller provocateur fut la bonne surprise du printemps 2017. Il traumatise et fait réfléchir : on préfère les bombes quand elles sont littéraires et fictives. On prie seulement pour que ce livre ne soit pas prémonitoire.

NUMÉRO 44

Tu n'as pas tellement changé
de Marc Lambron (2013)

À quoi servirait la vie s'il n'y avait pas les livres pour s'en souvenir ? On naîtrait, on mangerait, on mourrait comme des animaux sans sépulture. Je me suis toujours demandé pourquoi mes œuvres préférées de Marc Lambron étaient antérieures à 1995. *Tu n'as pas tellement changé* vient de m'en apprendre la raison. *L'Impromptu de Madrid*, *La Nuit des masques*, *Carnet de bal* et surtout *L'Œil du silence* ont une aisance, une arrogance, parfois une frivolité qui ont disparu chez lui « le 17 juillet 1995, un peu avant midi, dans une chambre de l'hôpital de Villejuif ». Ce matin-là, son frère Philippe est mort du sida. Le style de Lambron a changé en une journée. Il n'arrivait plus à écrire : il évita d'exhiber sa douleur, ou plutôt il tourna autour (dans *Étrangers dans la nuit*, *Les Menteurs* ou *Une saison sur la terre*). Mais depuis la mort de son petit frère, dans son panthéon personnel, Patrick Modiano semble désormais avoir remplacé Paul Morand.

Marc Lambron affronte le mystère de la famille : qui sont ces inconnus si proches de nous ? Parmi les livres récents sur la perte d'un frère, on peut citer *Frère du précédent* de Jean-Bertrand Pontalis (2006), *Olivier* de Jérôme Garcin (2011) ou *Avec toutes mes sympathies* d'Olivia de Lamberterie (2018). Le ton de Lambron est moins détaché que celui de ses contemporains, car il a rédigé ces lignes il y a vingt-six ans, sous le choc de la disparition de son cadet. À quoi servent les petits frères ? Je ne me souviens pas d'avoir lu des pages aussi subtiles sur cette étrange amitié non choisie.

« Les fratries sont le pays du malentendu. » Lambron culpabilise d'avoir été un meilleur élève et un aîné absent, et d'avoir quatre ans de plus qui étaient quatre ans de trop. Il cherche à comprendre pourquoi son cadet s'est brûlé les ailes : « … arbitre de ces élégances légères et cruelles qui s'achèvent par les fiançailles des autres. » Je me souviens encore avoir lu ce texte en tremblant, les yeux embués, le cœur empli de gratitude. Rarement a-t-on vu une pudeur aussi craquelée.

Ce n'est pas son armure que Lambron fendille, mais le silence d'une jeunesse lyonnaise : entreprise bien plus ardue. *Tu n'as pas tellement changé* n'est pas un tombeau de plus : il y en a tant, et si les morts méritaient chacun un livre, les bibliothèques se contenteraient d'être des morgues. Il ne sert à rien d'écrire sur la mort, sauf pour la vaincre, la battre, l'écraser : c'est la vie qui enflamme les livres, qui les fait respirer, leur donne énergie, drôlerie, chagrin et révolte. Voilà la vérité : la littérature n'est rien d'autre qu'un coup de colère contre l'oubli.

Numéro 43

Une partie rouge de Maggie Nelson (2007)

Commençons par rendre hommage à la traductrice de ce récit hallucinant : Julia Deck est une romancière remarquée pour son premier roman, *Viviane Élisabeth Fauville*, paru aux éditions de Minuit en 2012. Ce choix n'est pas anodin de la part de l'éditeur ; dans ce livre, Viviane tuait son psychanalyste. Je n'ai pas lu *Une partie rouge* en VO *(The Red Parts)*, mais la VF est d'une sobriété magistrale. Sous-titré *Autobiographie d'un procès*, *Une partie rouge* est comme la série *The Keepers* sur Netflix : un documentaire qu'on ne peut pas lâcher. On connaissait le *binge watching* (activité consistant à regarder dix épisodes d'une série d'affilée), *Une partie rouge* de Maggie Nelson inaugure une nouvelle pratique asociale : le *binge reading* (lecture frénétique). Offrez cette non-fiction aux amis que vous ne voulez plus voir, vous serez débarrassé d'eux pendant une semaine.

En 1969, Jane, la tante de Maggie Nelson, fut étranglée avec un bas, puis tuée de deux balles dans la tête.

Elle avait vingt-trois ans. Née quatre ans après le meurtre, Maggie Nelson commença, en 2000, à écrire un livre de poèmes inspirés par cette affaire irrésolue. Le livre était terminé, quand, en 2005, un suspect fut arrêté, dont l'ADN correspondait à celui retrouvé sur le lieu du crime. *Une partie rouge*, c'est *De sang-froid* à l'ère du Net et de la génétique, c'est une Truman Capote en jupons qui aurait digéré le chef-d'œuvre d'Ellroy sur l'assassinat de sa mère (*Ma part d'ombre*, 1996). La force du réel ne suffit pas à expliquer la réussite d'un tel texte : le génie de Miss Nelson réside dans son art du « twist ». Soudain, on retrouve le meurtrier, on assiste à son procès, on lit le journal de la morte… Et c'est aussi, vraiment, de la littérature : ce n'est pas parce qu'on s'inspire d'un fait divers qu'on doit écrire comme une voix off de *Faites entrer l'accusé.*

Dès le début du récit, Maggie Nelson cite Peter Handke, compare le couloir de son appartement à une montagne russe, se sent coupable de voyeurisme et se justifie : « Certaines choses valent sans doute la peine d'être racontées pour la simple raison qu'elles se sont produites. » La différence entre un écrivain et un flic, c'est que l'écrivain a tous les droits. Il peut couper ce qui l'ennuie et s'attarder sur ce qui le touche. Il peut évoquer son chagrin, sa peur, son enfance, sa folie, sa colère. C'était aussi la démarche de *L'Adversaire* d'Emmanuel Carrère (2000). Il se passe ces dernières années quelque chose des deux côtés de l'Atlantique : la littérature s'accroche à la réalité pour ne pas disparaître.

Numéro 42

Le Grand Meaulnes d'Alain-Fournier (1913)

Passé cinquante ans, le métier de critique consiste principalement à juger des gens plus jeunes que soi. Cela finit par devenir agaçant : Boris Vian, Francis Scott Fitzgerald, Albert Camus, tous ces jeunes chiens fous sont entrés dans la Pléiade bien avant le vieux Jean d'Ormesson. Avec un siècle de retard, voici venu le tour d'Alain-Fournier, mort à vingt-huit ans dans les tranchées de 1914. Cet adolescent attardé est l'auteur d'un unique roman, *Le Grand Meaulnes*, narrant l'histoire d'un jeune gandin qui tombe amoureux d'une châtelaine aristocratique dans un bal costumé. La question qui se pose aujourd'hui est : qui cette histoire pourra-t-elle intéresser en 2021 ? Avec les technologies actuelles, Augustin Meaulnes retrouverait Yvonne de Galais sur Instagram en dix minutes chrono, il n'aurait nul besoin non plus de rechercher Valentine pour tenir sa promesse à son frère, bref, *Le Grand Meaulnes* n'a plus aucun sens à l'heure de la surveillance généralisée. Au XXIe siècle, Augustin se contenterait de poster une vidéo de son zizi sur WhatsApp, et le conte de fées serait terminé. La réédition d'un tel chef-d'œuvre n'a qu'une seule utilité, qui est de nous remémorer ce que fut la féerie de l'amour distant et timide dans le monde d'avant Zuckerberg. *Le Grand Meaulnes* a eu beaucoup d'enfants : *Fermina Márquez* de Valery Larbaud, *L'Attrape-cœurs* de J. D. Salinger, *L'Écume des jours* de Boris Vian, *Gatsby le Magnifique* de Francis Scott Fitzgerald, *Peau d'âne* de Jacques Demy… Chaque fois qu'un jeune naïf erre en quête d'absolu et cherche à retrouver un visage aimé, Alain-Fournier reprend un coup de jeune. Yvonne de Galais, la Cendrillon de Sologne, demeure pour toujours le modèle de ces beautés évanescentes dont on ne se remet jamais.

Qu'est-ce qui permet de tomber amoureux ? Il faut une créature irréelle transformée en idéal féminin, et un témoin innocent. Si la nouvelle génération se plaint de ne plus aimer, c'est parce que le mode d'emploi a disparu. En lisant ce « conte bleu » (Gustave Lanson), les millennials apprendront le sens de quelques mots : grâce, brume, aube, rêve, forêt, mystère. Ils verront que l'amour courtois était encore possible avant la Première Guerre mondiale, quand la dérision n'avait pas assassiné la sincérité. *Le Grand Meaulnes* est le dernier roman d'amour sans la moindre ironie. Il témoigne d'un temps que les moins de vingt ans ne peuvent pas connaître : quand un homme amoureux pouvait encore se faire passer pour un héros et non pour un relou. Avec Alain-Fournier, le romantisme est mort. C'est pourquoi sa lecture est cruciale : elle pourrait bien le ressusciter.

Numéro 41

Bâiller devant Dieu. Journal (1999-2010) d'Iñaki Uriarte (2010)

« J'ai toujours pensé que le bâillement était le symptôme d'une sérénité spirituelle. » Cet apophtegme gagne en crédibilité quand il est asséné par l'auteur d'un livre qui ne fait jamais bâiller, au contraire : un livre qui fait sautiller, danser de joie, un livre qui se fête et se gobe cul sec comme un shot de rhum Diplomático au bar *Sirimiri* de San Sebastián. Iñaki Uriarte est une des plus importantes découvertes espagnoles du XXIe siècle (avec Manuel Vilas). Ce Basque est né à New York, mais vit à Bilbao et flâne à Benidorm. C'est un contemplatif dont le chat se nomme Borges. Dans sa préface, Frédéric Schiffter – autre nonchalant basque – le compare à Cioran, Chamfort et Pascal : il a beau placer la barre beaucoup trop haut, Uriarte ne déçoit jamais.

Ce critique paresseux tient un carnet de fulgurances plutôt qu'un journal littéraire à la Gide ou Léautaud. Sa lucidité est intense : « Je ne m'habituerai jamais au fossé qui, chez certains, existe entre le discours moral qu'ils tiennent en public et la malhonnêteté avec laquelle ils agissent en privé. En revanche, je me suis habitué à ce qu'ils soient mes amis. » Depuis combien de temps n'avons-nous pas lu un recueil de pensées aussi plaisantes ? La lecture de tels ouvrages donne le sentiment d'être en vacances avec un ami intelligent, mais jamais ronchon ; or réfléchir sans râler est ce qu'il y a de plus ardu de nos jours. Le titre, *Bâiller devant Dieu*, est tiré d'un paragraphe magistral où Uriarte admire un homme qui bâille au volant de sa voiture. Il comprend alors que bâiller est un acte de liberté, d'insolence, une sorte de défi à l'efficacité et au rendement. Il imagine cet homme bâiller devant le peloton d'exécution, et même devant Dieu, au moment du Jugement dernier. Rien de blasphématoire ici : il s'agit seulement de dédramatiser, dans n'importe quelle situation.

Ce livre à sauts et à gambades (aujourd'hui on dirait « en mode Montaigne ») échappe à toute classification, comme à tout commentaire pesant. Lisez-le et vous me remercierez de vous avoir présenté l'un des derniers honnêtes hommes de la civilisation occidentale. Je pense qu'une telle élégance ne pouvait pas être d'une autre nationalité que basque espagnole. Ce sont des humains d'une trempe particulière : ils ont cru au nationalisme violent, puis ils y ont renoncé ; leur langue date d'avant notre ère, mais disparaît doucement ; ils ont toujours été locavores, puisque leur nourriture est la meilleure du monde. Et ils bâillent avec génie.

Numéro 40

Le Jardin des supplices et autres romans d'Octave Mirbeau (1899-1913)

La collection « Bouquins » – rebaptisée sobrement « La Collection » en cette année 2021 qui, décidément, n'épargne personne – rassemble quatre romans d'Octave Mirbeau (1848-1917) : *Le Jardin des supplices* (1899), *Le Journal d'une femme de chambre* (1900), *La 628-E8* (1907) et *Dingo* (1913). Saluons l'initiative, même si l'on aurait pu y ajouter *Sébastien Roch* (1890), le premier roman dénonçant le viol d'un adolescent par un prêtre, ainsi que *Les 21 Jours d'un neurasthénique* (1901), l'ancêtre des romans dépressifs, si nombreux aux deux siècles suivants.

Mirbeau est un idéaliste révolté, un insatisfait viscéral, un pamphlétaire qui déverse sa colère dans ses romans. Merci à lui d'avoir pavé la route à tous les impertinents qui considèrent que la fiction peut décupler la puissance d'un manifeste. Le roman, c'est raconter une histoire qui peut changer l'Histoire. Croire que la littérature, bien qu'inutile, puisse nous ouvrir les yeux en nous fendant le cœur : tout cela, nous le devons à Octave Mirbeau. C'est un Victor Hugo tordu.

Le Jardin des supplices n'est pas seulement un cauchemar sadique, mais une descente aux enfers du cynisme. C'est le marquis de Sade dans la végétation orientale : « Une autre femme, dans une autre niche, les jambes écartées, ou plutôt écartelées, avait le cou et les bras dans des colliers de fer… Ses paupières, ses narines, ses lèvres, ses parties sexuelles étaient frottées de poivre rouge et deux écrous lui écrasaient la pointe des seins… » Alerte, mayday, mayday ! N'y a-t-il point de « sensitivity readers » chez Robert Laffont ? Cette prose poétique très luxuriante a étiqueté Mirbeau parmi les décadents au même titre que Joris-Karl Huysmans. Lui qui entendait dénoncer les meurtres de l'armée coloniale devint auteur d'un best-seller malsain, comme toujours, sur un malentendu. *Le Journal d'une femme de chambre* le révèle anarchiste tendre, humaniste pessimiste et féministe misogyne (oui, oui, c'est possible). Il s'y met dans la peau de Célestine, une bonne très exploitée. Il faut absolument lire ce carnet calfeutré et érotique, en plein reconfinement, déconfinement, couvre-feu, ou même en liberté. Quel don admirable pour l'ironie antibourgeoise ! Les bourgeois ont adoré ce roman à l'époque, car ils sont masochistes. *La 628-E8* est l'immatriculation d'une automobile dans laquelle Mirbeau traversa la Belgique, les Pays-Bas et l'Allemagne, inventant le *travel writing* moderne. Enfin, bien avant *Didier* d'Alain Chabat, *Dingo* imagine l'allégorie folle d'un chien qui rééduque son maître.

Journaliste au *Figaro* à la fois anticlérical et antimilitariste (il fallait le faire), lyrique et amer, nihiliste et engagé, antisémite tourné dreyfusard par haine de l'injustice, Mirbeau ne s'est jamais trompé en défendant l'individu contre tous les pouvoirs. C'est un désobéisseur professionnel. En 2021, ce libertaire insoumis aurait brûlé des masques chirurgicaux, organisé des fêtes clandestines et provoqué Didier Raoult en duel. Si l'expression « politiquement incorrect » avait existé au XIXe siècle, nul auteur ne l'aurait méritée mieux qu'Octave Mirbeau.

Numéro 39

Ce que je ne veux pas savoir et *Le Coût de la vie* de Deborah Levy (2013 et 2018)

J'aime les petits livres. Je sais ce que vous pensez : « feignasse ». N'empêche qu'à la fin de sa vie, Tchekhov disait : « Tout ce que je lis ne me semble pas assez court. » Les deux opuscules de Deborah Levy ont ce mérite : nous faire croire qu'elle a coupé beaucoup de pages. En réalité, son seul guide, c'est l'émotion. Elle ne garde que ce qui la touche profondément ou la fait rire, comme ce chauffeur de taxi quasiment aveugle à Majorque qui la laisse tomber au milieu des lapins en pleine nuit sur une route déserte. Le tome 1 est bleu : *Ce que je ne veux pas savoir*, le tome 2 est jaune : *Le Coût de la vie.* Les deux ont reçu le prix Femina étranger en 2020. Mon conseil est de les picorer comme des quartiers de clémentines. Avec une préférence pour le récit de son enfance partagée entre l'Afrique du Sud et l'Angleterre (tome bleu), contenant la description déchirante de l'arrestation de son père, emprisonné pour avoir lutté contre l'apartheid. À Londres, elle quitte son mari (tome jaune), et c'est la crise de la quinquagénaire divorcée. Tout à coup, elle s'aperçoit qu'elle a consacré sa vie à un mec, des enfants et une maison qui n'ont plus besoin d'elle. Réfugiée dans un cabanon de luxe pour écrire enfin seule sur sa soumission perdue, elle brosse l'autoportrait d'une femme furieuse d'être libre, ou plutôt choquée d'avoir à se libérer alors qu'elle se croyait déjà en liberté.

L'écriture est discursive, change de sujet, entremêle souvenirs et combat féministe, anecdotes comiques et désespoir élégant, George Sand et Emily Dickinson. On entre dans la tête d'une Anglaise larguée, en colère et en douce. L'incipit du petit livre bleu est une merveille : « Ce printemps-là, alors que ma vie était très compliquée, que je me rebellais contre mon sort et que je ne voyais tout bonnement pas vers quoi tendre, ce fut, semblait-il, sur les escalators des gares que je pleurais le plus souvent. » Ah si toutes les féministes écrivaient de la sorte… La drôlerie du style et des situations fait comprendre la condition féminine tellement plus efficacement que des complaintes militantes ou vengeresses. On pense à Maggie Nelson, à Joan Didion et Rachel Cusk, à ces virtuoses de la digression et du récit de non-fiction. Notre plaisir doit aussi beaucoup à l'humour britannique, qui place toujours la narratrice dans une position de perdante magnifique, avec ce sourire qui triomphe de toutes les avanies. Pour simplifier, Deborah Levy, c'est Bridget Jones avec un cerveau, une érudition, une colère, une drôlerie et une sensibilité toutes hors du commun, bref, LA femme du XXIe siècle.

Numéro 38

Notre-Dame du Nil
de Scholastique Mukasonga (2012)

La honte me ronge, je dois me confesser, car j'ai péché. Oui, j'ai découvert l'existence de Scholastique Mukasonga le jour où le prix Renaudot lui fut décerné. Bien que membre du jury, je n'ai entendu parler d'elle que le 7 novembre 2012, vers midi. Je suis ridicule de n'avoir pas voté pour elle, et pourtant c'est indirectement grâce à mes combines si elle l'a emporté.

Laissez-moi vous expliquer : sur la dernière liste figuraient cinq bons écrivains (Alexakis, Authier, Berest, Deville et Trassard). Alexakis était favori, mais il avait déjà reçu deux grands prix littéraires (le Médicis en 1995 et l'Académie en 2007), et Deville venait de recevoir le Femina deux jours plus tôt. Besson votait pour Authier et moi pour Berest, en sachant que nos deux protégés n'avaient aucune chance. C'est alors que j'ai parlé de faire une « petite cachotterie », de se comporter comme une « bande de garnements ». En gros, comme ils le firent en 2007, j'exhortais les jurés de ce prix à sortir leur dernière liste. J'ai lancé le nom de Philippe Djian, puis ceux de Pierre Jourde et de Christine Angot (je suis fier d'être capable d'aimer deux auteurs qui se détestent entre eux). Je ne fus pas beaucoup suivi, mais l'idée fit son chemin : Jérôme Garcin et J. M. G. Le Clézio prononcèrent le mot « scholastique ». Je ne suis pas très érudit : pour moi, la scolastique désignait l'enseignement de la philosophie par les moines du Moyen Âge. J'ai alors vu tout le monde s'emballer : Dominique Bona, Franz-Olivier Giesbert, Patrick Besson et Christian Giudicelli se prenaient-ils soudain de passion pour la théologie médiévale ? Le prix Renaudot fut décerné au tour suivant à Scholastique Mukasonga pour son roman *Notre-Dame du Nil*. J'étais estomaqué mais surtout très embêté. Que dire à ces micros qui sifflaient jusque sur nos têtes ? Allais-je avouer en direct sur LCI que je n'avais pas la moindre idée de ce qu'était le roman rwandais ? Il m'était difficile d'admettre que l'utilité des prix littéraires est de révéler des auteurs, même aux propres membres de leur jury. La culpabilité me tenaille depuis ce surprenant déjeuner. Je me suis donc procuré toute l'œuvre de Scholastique Mukasonga. Ses premiers récits, terriblement vrais, sur l'extermination de sa famille en 1994. En particulier *La Femme aux pieds nus* (2008), disponible en Folio : atroce et splendide linceul de mots déposé sur le visage de sa mère massacrée en son absence. Et enfin cette fiction si réaliste, *Notre-Dame du Nil* : c'est le *Ruban blanc* africain.

J'ai sans cesse pensé au film en noir et blanc de Michael Haneke montrant ces enfants allemands élevés à la dure dans les années 1930, qui deviendront les bourreaux de l'Europe. *Notre-Dame du Nil* procède de la même démarche. Tout le roman est situé dans un pensionnat de jeunes filles où Mukasonga concentre les haines. Dans les années 1970, les élèves tutsis étaient déjà maltraitées par les lycéennes hutus devant des bonnes sœurs belges impuissantes. La barbarie était en marche et avec elle, l'indifférence qui mène à l'abattoir. C'est la condition de tous les génocides : il ne suffit pas d'endoctriner des exterminateurs, il faut surtout convaincre la majorité de détourner les yeux. L'odeur du futur charnier flotte sur ce livre implacable, où des enfants qui se chamaillent annoncent les coupeurs de tête. Scholastique Mukasonga est un grand écrivain de langue française.

Jamais Renaudot ne fut plus mérité que l'année où je n'y fus pour rien.

Numéro 37

California Girls de Simon Liberati (2016) ex aequo avec *Occident* de Simon Liberati (2019)

Le sixième roman de Simon Liberati est un poème noir, une descente aux enfers, une plongée aux sources du mal absolu. Pourquoi le meurtre de Sharon Tate éclipse-t-il tous les autres faits divers du XXe siècle ? Parce que c'est le choc de l'innocence avec la bête immonde. Parce que c'est une guerre jalouse contre le glamour hollywoodien. La destruction du Flower Power par une secte d'idiotes sadiques et défoncées, manipulées par un clochard psychopathe. Durant l'été 1969, le diable ne s'habille pas en Prada mais en loques puantes. Charles Manson a les cheveux gras, des poux et une bagnole volée. Il est peut-être lui-même manipulé par la police de Los Angeles qui cherche à déconsidérer le mouvement des Black Panthers (thèse évoquée par Liberati au détour de son enquête, pour la première fois à notre connaissance). Ce musicien raté et schizophrène fera massacrer les résidents de plusieurs villas de Beverly Hills avant d'être dénoncé par des membres de sa « famille ». Roman Polanski aura sans doute du mal à comprendre qu'un romancier reconnu puisse ENCORE esthétiser une telle abjection. Nous lui déconseillons de lire *California Girls*, de même qu'à toutes les personnes sensibles. Certaines pages sont insoutenables, insupportables (en particulier la description détaillée de la tuerie de Cielo Drive) ; c'est un livre sale, poussiéreux, poisseux comme un film de Tobe Hooper. Liberati réussit une tentative de littérature objective, hyperréaliste, comme un tableau de pop art ou un roman d'Octave Mirbeau. Sans complaisance, mais sans concession, il rédige un roman d'épouvante, l'histoire vraie d'un sacrifice symbolique et absurde. La folie n'a rien de fascinant, mais le romancier doit être capable de la raconter en face. Parfois, j'étais obligé de poser *California Girls* pour respirer un coup, penser à autre chose, tant son ambiance était étouffante et malsaine. Je hais la haine : la seule chose à faire avec une violence aussi débile, c'est de la snober. Liberati préfère dévisager Satan droit entre les cornes : toréer le diable, le placer sous surveillance pour vaincre sa peur. *California Girls* est un grand roman sur la trouille. Simon Liberati accomplit ce que Victor Hugo disait de Voltaire : « Il a vaincu la violence par le sourire. » Ce ne sont pas les écrivains qui rendent le monde horrible. Ils ne font que le contempler, les yeux écarquillés. J'ai mis en marche le système d'alarme de ma maison tout l'été : peu de romans auront aussi sublimement gâché mes vacances au soleil.

Occident (2019) est un roman à clés dont on ne cherchera pas les serrures. Il raconte l'histoire d'un peintre complètement dépravé qui couche avec une femme mariée. Un jour, celle-ci lui annonce qu'elle est enceinte et le peintre pète les plombs. Se prenant pour le père, il se transforme en fâcheux ridicule. Alain Leroy – Simon Liberati n'a pas hésité à reprendre le nom de l'antihéros du *Feu follet* de Drieu – est un « casse-ovaires » de première catégorie. La leçon de ce livre, c'est qu'un toxicomane ne peut rien vivre d'autre que des relations toxiques. Heureusement, un infarctus lui sauve la vie, en le mettant sur la route d'une petite muse aussi éclopée que lui.

Qu'il est suave de lire ces chapitres décadents rédigés par un graphomane désintoxiqué. Ce principe fut élaboré par Proust dans *Sodome et Gomorrhe*. Toutes ces nuits vaines… Sur le moment, nous pensions qu'elles ne servaient à rien d'autre qu'à ruiner notre santé… Rendons grâce à saint Simon Liberati de leur donner enfin un sens. Alain Leroy se remémore sa bande de potes qui ressemble à une cour des miracles, sa jeunesse d'extrême droite, et quelques amantes exotiques. Écrit au même moment, *Occident* s'apparente à *Sérotonine* de Houellebecq : ce sont deux testaments de suicidaires qui renoncent à se tuer. Jean Cocteau disait que si sa maison brûlait, il emporterait le feu. Il semble que la vie d'artiste puisse être décomposée en trois étapes : 1) jouer au pyromane ; 2) déménager en forêt ; 3) rallumer le feu par la mémoire. Tel est le projet de ce roman de toute beauté : reconstituer le chaos de l'hôtel de Beaune où eurent lieu les afters les plus glauques de l'histoire du 7e arrondissement puis forer un « tunnel blanc » vers la lumière. C'est la *Sylvie* de Nerval, version Baron/Montana. En vérité, il s'agit pour Liberati d'un retour aux sources : page 121, on croise Patrice Strogonoff, le photographe de *Nada exist* (2007). Après une trilogie des anges sacrifiés (Jayne Mansfield, Sharon Tate, Eva Ionesco), un hommage à son père poète et deux recueils d'essais esthétiques, Simon trouve une forme de rédemption ambiguë. *Occident* n'est pas seulement le nom d'une organisation facho (ancêtre du GUD) ; c'est surtout le côté où le soleil se couche.

La morale de cette histoire, car il y en a une, c'est qu'au XXIe siècle les antihéros ne se brûlent plus les ailes : ils s'en servent pour s'envoler ailleurs. Puisque l'Occident court à sa perte, inutile de l'imiter. Si Alain Leroy (le merveilleux alcoolique interprété par Maurice Ronet chez Louis Malle) revenait à Saint-Germain-des-Prés, il ne se tirerait plus une balle ; il se tirerait tout court.

Numéro 36

Une vieille histoire. Nouvelle version
de Jonathan Littell (2018)

Qu'est-ce que la littérature ? Le rôle des grands romanciers est de nous obliger à nous poser cette question, encore et toujours. Le dernier roman de Jonathan Littell ridiculise l'amas de mièvreries perpétuellement en tête des ventes en France. Il envoie un immense coup-de-poing américain, fabriqué en Catalogne mais de langue française, dans un paysage littéraire poisseux de bons sentiments. Le public se trompe en confondant le roman avec une couette bien chaude pour passer l'hiver. La littérature est folie, jouissance, liberté, transgression. Douze ans après *Les Bienveillantes* (prix Goncourt 2006), Jonathan Littell se situe toujours du côté de Sade et de Francis Bacon. Vos *feel-good books*, vous pouvez vous les fourrer où je pense, semble-t-il dire à Paul Auster. Il est intéressant de comparer ces deux auteurs, car ils ont eu la même idée : Auster propose dans *4 3 2 1* quatre versions du même personnage ; Littell imagine sept variations autour de la même *pool party*. La comparaison est humiliante pour le bobo de Brooklyn. Ce serait comme comparer une citerne de gin-tonic avec un verre d'eau tiède. La littérature est là pour déranger les consciences : si vous voulez du confort, achetez-vous plutôt un climatiseur.

Littell reprend le principe des *Exercices de style* de Raymond Queneau, mais au lieu de suivre un homme qui prend l'autobus, son narrateur sort d'une piscine. Il avance dans un couloir gris dont il ouvre des portes, comme dans *Alphaville* de Jean-Luc Godard. Chaque porte conduit à une orgie différente ; parfois le héros change de sexe. Le monde n'est que luxure, guerres, solitude. Certaines pages font penser à *American Psycho* de Bret Easton Ellis : la même froideur clinique, la même violence blasée. On pense aussi aux délires sadomasochistes d'Alain Robbe-Grillet. Je cite beaucoup de références, comme pour me rassurer, car en réalité je n'ai jamais rien lu de pareil. *Une vieille histoire. Nouvelle version* est peut-être le premier roman de la post-humanité. Littell imagine notre futur : quand nous serons entièrement connectés à une réalité virtuelle, notre vie ressemblera-t-elle à ce rêve pornographique en 3D ? *Une vieille histoire* invente un nouveau genre romanesque : l'hyper-surréalisme. Bienvenue au XXIe siècle, où le roman n'est plus un miroir le long du chemin, mais une piscine où la réalité se dissout dans un orgasme simulé, entre deux fusillades absurdes. Mazette !

Que voulez-vous : la néolittérature est un sale boulot, mais quelqu'un doit bien s'en charger.

Numéro 35

La Maison d'Emma Becker (2019)

Emma Becker a pris tous les risques. Déjà, elle a vendu son corps à des messieurs dans un bordel berlinois pendant deux ans et demi. Mais en plus, elle l'a raconté avec tendresse pour les femmes et pitié pour les hommes, bref : sans culpabilité. Ajoutez à cela un soupçon de nostalgie et vous obtenez un scandale. Pourtant, on peut aisément bannir l'adjectif « sulfureux » pour parler de ce livre. Ce qui est sulfureux, c'est le regard de Tartuffe sur Elmire. Le principal scandale de ce livre, c'est qu'il est une réussite littéraire complète. *La Maison* d'Emma Becker, c'est *Nana* post-#metoo, c'est *La Maison Tellier* vue par Catherine Millet, c'est un remake de *Belle de jour* par Agnès Varda.

Emma Becker évite tous les pièges : ni angélisme ni leçons de morale. Elle n'encense pas la prostitution, ne passe sous silence ni sa misère, ni sa violence, ni ses dangers, ni sa tristesse. Pour autant, elle ne transforme pas les putains en victimes malgré elles, mais les admire avec douceur et respecte leur choix d'adultes consentantes. Sa galerie de portraits féminins n'est ni obscène ni méprisante. Elle livre son expérience avec une sincérité et une sensibilité extrêmes. Elle sait bien qu'elle publie ce livre en France, dans un pays où l'achat d'actes sexuels est puni par la loi depuis le 13 mars 2016. C'est un témoignage narquois, un pied de nez au puritanisme et à l'hypocrisie.

Emma est une femme plus libre que les autres, on le savait depuis son premier roman, *Mr* (2011), déjà autobiographique. Mais on a peur pour elle depuis *La Maison* : on a vu ce qui est arrivé à Nelly Arcan après *Putain*, qui figurait sur les listes des prix Femina et Médicis en 2001, et qui s'est pendue en 2009. Comme elle, Emma Becker ose défendre la liberté de faire l'amour, même sans amour. Elle ose écrire la puissance du désir féminin et la domination de la courtisane sur l'homme qui la paie. « Les femmes baisent pour un tas d'excellentes raisons qui n'ont rien à voir avec le plaisir physique. » « Le bordel fait de toutes les putes des impératrices. » Si un homme avait écrit le millième de ces phrases, il serait aujourd'hui crucifié.

La seule chose regrettable dans ce livre, c'est que l'expérience spectaculaire de la romancière cache son véritable sujet : la fiction. En racontant sereinement l'histoire de ces femmes qui mentent pour vivre, Becker dit une vérité sur notre monde. Nous avons besoin d'illusions, et la fiction est peut-être notre seule chance de vaincre la solitude.

Numéro 34

Jours tranquilles, brèves rencontres
d'Eve Babitz (1977)

Parfois je ne comprends pas les éditeurs français. Pourquoi avoir attendu si longtemps avant de traduire Eve Babitz ? Cette égérie des *sixties* californiennes – sur une célèbre photographie de 1963, elle joue aux échecs à poil avec Marcel Duchamp au musée de Pasadena – est une surdouée de l'humour, c'est la Dorothy Parker de Los Angeles et personne n'a jamais pu la lire en français avant 2015 ? *Seriously ?* Il se passe pourtant clairement quelque chose avec les Américaines : elles ont la désinvolture, le regard acéré, l'énergie du désespoir, la folie et le panache.

Les romans les plus énergiques de l'année 2015 ont été écrits par des Américaines : *Les Lance-flammes* de Rachel Kushner, *La Vie amoureuse de Nathaniel P.* d'Adelle Waldman, *Hors-bord* de Renata Adler (qui lui aussi date de 1976).

Eve Babitz a aujourd'hui soixante-dix-sept ans et vit en recluse, comme un Salinger de sexe féminin.

Igor Stravinsky était son parrain. Elle a couché avec Jim Morrison, Harrison Ford, Steve Martin et Ed Ruscha (avouez que son tableau de chasse est éclectique), a réalisé un collage pour la pochette d'un des meilleurs disques de tous les temps (*Buffalo Springfield Again*, 1967), et publie des articles de ragots hilarants sur le Tout-Malibu depuis quatre décennies dans *Vogue*, *Esquire*, *Cosmopolitan* et *Rolling Stone* (embauchée là par Joan Didion). Publié en 1977 aux États-Unis, *Slow Days, Fast Company* est donc sorti en France sous le titre *Jours tranquilles, brèves rencontres*, avec tout simplement trente-huit années de retard. C'est un absolu régal, pour lequel je vous suggère, toutes affaires cessantes, d'abandonner ce livre ! Vous ne le regretterez pas, même si je suis bien conscient de risquer gros en vous donnant pareil conseil. Reviendrez-vous ensuite ?

Rien que la première phrase donne le ton : « Ceci est une histoire d'amour et je m'en excuse ; c'était involontaire. » Tout livre qui débute ainsi n'a plus besoin d'éloges. Je n'hésite pas à dire que c'est le meilleur incipit de l'année 1977. La suite garde cette note à la Sagan jusqu'au bout. Ce sont les soirées d'une Californienne prénommée Eve, ses rencontres et déboires amoureux, une excursion dans un vignoble ou un match de base-ball, des chagrins sur des plages, des fous rires dans des bars, un peu tout ce qui lui passe par la tête. Ce n'est pas un roman, mais c'est quelqu'un. Et il est impossible de ne pas en tomber amoureux. Pardonnez-moi, une fois n'est pas coutume, de conclure cette chronique en anglais. *Dear Eve Babitz, I've just finished your book, and I love you.*

Numéro 33

Carnets de Shirley Goldfarb (1994)

Elle s'autoproclamait « pique-assiette professionnelle ». Cette peintre expressionniste abstraite disposait des taches multicolores à l'huile sur des toiles. Le reste du temps, elle « attendait que sa vie commence » à la terrasse des cafés parisiens, en notant tout ce qu'elle voyait, pensait, entendait, attendait. Ce qui fait aujourd'hui sa notoriété, ce sont ces carnets nonchalants, publiés quatorze années après sa mort au Quai Voltaire, avec pour sous-titre *Montparnasse 1971-1980*.

Shirley Goldfarb est une Simone de Beauvoir en plus comique, nihiliste, pauvre et inconnue. Elle traînait dans les mêmes cafés que le Castor : le *Flore*, *Les Deux Magots*, *Lipp*, *Le Dôme*, *Le Select* et *La Coupole*. Elle y croisait ses amis Andy Warhol, Michel Butor, David Hockney et Yves Saint Laurent. « Je suis Shirley personne, disait-elle. Je suis mon propre événement. » Elle aperçut Jean-Paul Sartre et Simone de Beauvoir à *La Coupole*, le 24 janvier 1974, mais n'osa guère les déranger. À Francis Bacon, elle dit : « Vous êtes un ange. » « Un ange tordu », répondit-il.

« Ce sont les meilleurs », s'écria-t-elle. La première fois que j'ai entendu parler de cette folle géniale, c'est grâce à mon comparse de *Rive droite/Rive gauche* sur Paris Première : Philippe Tesson. Il ne tarissait pas d'éloges sur la délicatesse avec laquelle Judith Magre déclamait ses bribes au théâtre, dans une mise en scène de Caroline « C'est-la-ouate » Loeb. Chaque notation mélancolique de la clocharde la plus snob du monde est l'équivalent littéraire d'un shot de tequila. Chaque page un remontant express. Lire Goldfarb, c'est tenir compagnie à une perdante intelligente, c'est envoyer promener l'efficacité matérialiste. Elle se « régale du spectacle des nantis », elle veut « peindre comme Gertrude Stein écrit ». C'est le *Journal d'un raté* d'Édouard Limonov réécrit par une femme, c'est-à-dire sans l'aigreur revancharde. Ce qui intéresse Shirley Goldfarb, c'est de peindre ses ongles de la même couleur que ses lèvres, de porter de jolies chaussures et des lunettes de star. Elle ne fout rien de ses journées, et la nuit elle danse chez *Castel*. Sa devise ? « Plus tard = plus chic. » Ce genre d'équations mathématiques peut provoquer des dommages irréversibles sur le système nerveux. Fauchée et esseulée, elle se comporte comme une reine de Paris.

« J'ai une capacité excessive de satisfaction, surtout les jours de soleil. » Son carnet est le radeau d'une naufragée. Quelle merveille ! On pense bien sûr à Dorothy Parker, en particulier quand elle rédige son épitaphe :

« Elle aurait pu tout faire
Elle a choisi de ne rien faire
(Et en choisissant le rien
Elle eut du temps pour tout.) »

Numéro 32

Rhapsodie des oubliés de Sofia Aouine (2019)

J'ai l'impression que certains livres attendaient d'être écrits. Ils contiennent des phrases qui résonnent comme des rendez-vous. Il fallait qu'un jour ou l'autre, nous les découvrions. « On naît en hurlant pour montrer au monde qu'on est là. » J'ai compris que Sofia Aouine s'adressait à moi, personnellement. Cela signifie qu'elle fera le même effet à toute personne équipée d'un cœur en état de fonctionnement.

On attendait Emma, ce fut Sofia. Le prix de Flore est décidément imprévisible. Le 12 novembre 2019, *Rhapsodie des oubliés* de Sofia Aouine s'est imposé par sept voix contre cinq face à *La Maison* d'Emma Becker. Pour savoir ce que je pense de *La Maison*, reportez-vous quelques pages plus haut. Certes, Sofia Aouine est moins leste, plus brusque dans son propos. Son premier roman ne se passe pas dans un bordel de luxe à Berlin : il raconte l'odyssée d'un garçon de treize ans, Abad, qui traîne dans le quartier de la Goutte-d'Or, à Barbès. Vous trouvez qu'on dirait un scénario primé aux Césars ? Je disais la même chose avant d'ouvrir le livre. Mais dès ses premières pages, Sofia Aouine impose son style inventif, une verve digne d'un rappeur qui aurait lu *La Vie devant soi*. Son adolescent amoureux peut s'inscrire tout de suite au club des rejetons rebelles à côté de Holden Caulfield de *L'Attrape-cœurs* et d'Antoine Doinel des *Quatre Cents Coups*. Ses péripéties sont irrésistibles et déchirantes. Ainsi, quand il fait payer l'entrée de sa chambre à ses copains pour zyeuter les seins nus des Femen, dont le QG est installé dans l'immeuble d'en face, cet exploit le propulse au rang de star dans son quartier et de pestiféré dans sa famille. Ensuite, il se confesse à une psy aux yeux bleus, sur la butte Montmartre. Sofia Aouine a pris son temps pour écrire son premier roman : elle avait à l'époque quarante et un ans. Elle aurait pu exhiber son passé d'enfant abandonnée, et nous pondre un énième « témoignage de merde », comme dit Christine Angot quand elle reste polie. Or elle a transcendé son enfance par la fiction. Le petit Abad lui permet de peindre le 18e arrondissement de Paris avec cette truculence qu'Alphonse Boudard réservait au 13e dans *Les Combattants du petit bonheur* (prix Renaudot en 1977). À la soirée de son triomphe au *Café de Flore*, j'ai rencontré Sofia, et sa joie émue faisait plaisir à voir, tant il crève les yeux que son talent est né de cette maudite soif d'amour que les vrais écrivains n'étancheront jamais.

Numéro 31

Tout bouge autour de moi
de Dany Laferrière (2010)

Dany Laferrière n'avait rien demandé.

Jusqu'alors, ce Québécois d'origine haïtienne était un poète parfois grivois : il est l'auteur de *Comment faire l'amour avec un nègre sans se fatiguer*, en 1985, titre qui sera bientôt remplacé par *Comment obtenir le consentement d'une personne racisée*. Le 12 janvier 2010, à 16 h 53, la tragédie lui est tombée dessus, ou plutôt dessous. Il était revenu à Port-au-Prince, dans « le cœur du monde », pour une simple visite touristico-littéraire en tant qu'« étonnant voyageur » avec Michel Le Bris, à qui son livre est dédié. Et la terre s'est mise à bouger autour de lui comme une nappe de restaurant qu'un serveur agite pour en dégager les miettes. Il se trouve que la miette, c'était lui. Allongé sur le sol soudain mou de l'hôtel *Karibe*, puis réfugié sur un terrain de tennis, il a tout enregistré, ressenti. Il n'avait dès lors pas le choix : s'il n'était pas mort comme les deux cent trente mille autres, c'est qu'il devait témoigner. (Oui, vous avez bien lu : deux, cent, trente, mille, morts. Ce n'est pas une faute de frappe, le correcteur a vérifié.) Les catastrophes naturelles n'ont d'autre responsable que Dieu – ou la fatalité pour les athées. On voudrait porter plainte, mais contre qui ? La planète Terre ? La tectonique des plaques ? Ester en justice contre l'échelle de Richter ? Voltaire fut scandalisé par le séisme de Lisbonne en 1755 pour la même raison : rien n'est pire qu'un génocide sans coupable. Mais les catastrophes doivent entrer dans notre souvenir. Elles servent à alimenter une forme d'art du désastre que J. G. Ballard a théorisé dans *La Foire aux atrocités*. Homère pensait que les dieux nous envoyaient des épreuves pour nous inspirer des chants. Au centre du cauchemar, Dany Laferrière, comme Emmanuel Carrère lors du tsunami de 2004 au Sri Lanka, prend des notes. Il sait qu'il devra en faire quelque chose. Il tourne autour de l'horreur par bribes de poèmes en prose.

Tout bouge autour de moi est une suite de flashes émotifs, comme lorsqu'on ferme les yeux et les rouvre, lorsque la terreur et l'hébétude transforment votre stylo en appareil photo. Son livre est un reportage de guerre sans guerre. Chaque page charrie son lot de chagrins, de morts, de miracles. Ce document brut est un bordel sans nom. La catastrophe exacerbe tout : la sensibilité en éveil, Laferrière consigne les détails qui tuent. Un mari resté au bureau, une épouse sortie cuisiner dans la cour, un bébé sauvé, une famille écrasée. On sent qu'il n'écrira plus comme avant, « … à partir de 16 h 53, notre mémoire tremble ». En refermant cette élégie en forme de tombeau, le lecteur ressent la réplique d'une secousse sismique.

Numéro 30

Serge de Yasmina Reza (2021)

Ce qu'invente Yasmina Reza dans *Serge* est une nouvelle forme de monologue intérieur, dans lequel elle intègre son sens du croquis rapide et son art théâtral de la réplique mortelle : « Tu sais que la vieillesse c'est du jour au lendemain ? » Elle a eu l'idée la plus dingue de 2021 : écrire la première comédie sur Auschwitz. Roberto Benigni a essayé en 1997 (*La vie est belle)*, mais Mme Reza va plus loin que lui. Au lieu de mettre en scène un père maquillant le camp d'extermination en parc d'attractions pour rassurer son fils, elle entraîne une famille juive dans le véritable Disneyland : le Memorial and Museum, aujourd'hui, en Pologne. Imaginez un film de Bacri-Jaoui à Auschwitz-Birkenau, avec les engueulades entre frères et sœurs (Serge, Nana et Jean Popper) devant les fours crématoires où leur famille hongroise a été incinérée. Le soleil brille alors qu'ils voudraient grelotter. Il y a trop de fleurs, car « le Juif est un bon engrais ». Le meilleur restau d'Auschwitz est une pizzeria. La vie continue à Oswiecim, comme à Hiroshima. Le roman pourrait s'intituler *Auschwitz, mon amour.* Tout y est à la fois vrai et insupportable. L'auteur de *Conversations après un enterrement* (1987) a osé le livre impossible à écrire depuis quatre-vingts ans. Si Claude Lanzmann vivait toujours, il aurait peut-être hurlé « Touche pas à ma Shoah » ou, au contraire, applaudi comme il le fit au chef-d'œuvre de Lâszlo Nemes, *Le Fils de Saul* (2015). Les écrivains français qui se sont aventurés sur ce terrain ne sont pas nombreux. Jonathan Littell, bien sûr, plongeant dans le cerveau d'un massacreur avec *Les Bienveillantes* en 2006. Yannick Haenel, dans *Jan Karski* (2009), souligna l'insoutenable lenteur des Américains à intervenir. Olivier Guez exposa la cavale de Mengele et la protection allemande dont a bénéficié le tortionnaire de ce camp (prix Renaudot 2017). Chaque roman fait avancer notre compréhension de l'incompréhensible. Avant *Serge*, la seule plaisanterie acceptable sur Auschwitz était une pique de Carol Marcus à son mari, l'acteur Walter Matthau, après une visite du camp où ils s'étaient disputés : « *You ruined my trip to Auschwitz.* » Yasmina Reza parvient miraculeusement à garder la même note, désespérément absurde, pour composer un pied de nez à la décrépitude et à la mort. Puisque les survivants directs disparaissent, c'est aux écrivains de prendre le relais, non par devoir de mémoire, mais par goût de la liberté, afin d'introduire du léger dans le tragique, même si c'est choquant, surtout si c'est choquant. N'est-elle pas là, la vraie défaite d'Adolf Hitler ?

Numéro 29

Romans et récits de Romain Gary (1945-1977)

Enfin, Romain Gary est entré dans la Pléiade. À chaque fois qu'un auteur entre dans la Pléiade, on se dit : « Ah bon ? Mais il n'y était pas déjà ? » Sauf pour Jean d'Ormesson, où l'on s'est juste écrié : « Modiano n'y est pas déjà ? » Ensuite, le grand sport des journalistes consiste à critiquer le choix des œuvres retenues. Alors jouons ici. Les deux volumes de *Romans et récits* de Romain Gary ont exclu *La nuit sera calme* (1974) et *Au-delà de cette limite votre ticket n'est plus valable* (1975). Ce parti pris est regrettable, car l'auto-entretien de Gary et son pamphlet contre l'impuissance méritaient de figurer dans sa compil. Ces deux livres – bien plus intimes que *La Promesse de l'aube* – expliquent pourquoi il s'est tiré une balle dans la bouche en 1980. Ce n'est pas pour rien que *La nuit sera calme* est abondamment cité dans l'introduction de Mireille Sacotte et Denis Labouret.

Charles Dantzig a parfaitement résumé le problème de Gary dans son *Dictionnaire égoïste de la littérature française* : « C'était un narcissique qui ne s'aimait pas. » Cette formule explique tout : sa mythomanie, mais aussi son lyrisme parfois répétitif, son chagrin mâtiné d'une autodérision qui le sauve toujours du pathos, son besoin potache de provoquer avant de se flageller. Le double Goncourt pour *Les Racines du ciel* en 1956 et *La Vie devant soi* en 1975 est logique : ce sont deux romans écrits sous deux pseudonymes qui racontent l'extinction de deux espèces menacées (l'éléphant d'Afrique et la prostituée au grand cœur). Romain Gary est un sentimental désespéré, un véritable héros de la guerre et simultanément un antihéros, migrant juif et complexé. On pourrait dire, pour faire du mauvais esprit, que c'est un Albert Cohen snob. C'est pourquoi Cohen est entré dans la Pléiade trente ans avant lui ! Plutôt qu'à Cohen, il faudrait le comparer à J. D. Salinger : mêmes origines lituaniennes, même mélange de virilité fière et de lait de la tendresse humaine, même attirance/répulsion pour les stars de cinéma (la scène avec Marlon Brando dans *Chien blanc* est hilarante), même révolte contre les adultes, même jeu pervers avec les médias.

L'incipit de *La Vie devant soi* est quasiment un plagiat du début de *L'Attrape-cœurs* : « La première chose que je peux vous dire c'est qu'on habitait au sixième à pied » ; « Si vous voulez vraiment que je vous dise, alors sûrement la première chose que vous allez demander c'est où je suis né ». Ces deux romanciers traumatisés ont voulu fuir leur guerre mondiale : Salinger s'est caché toute sa vie et Gary a inventé un alter ego qui l'a tué.

NUMÉRO 28

Notes (Prosopoème) d'Arthur Cravan (1917)

De nos jours, les écrivains sans livre ne sont malheureusement pas aussi nombreux que les livres sans écrivain. Au début du XXe siècle, les génies sans œuvre furent au nombre de trois : Jacques Vaché, Jacques Rigaut et Arthur Cravan. Leur orgueilleuse discrétion continue de faire culpabiliser tous les prolixes. Je soupçonne André Breton d'avoir érigé en modèles ces météores muets pour ne pas dire trop de bien de ses concurrents vivants (Aragon, Cocteau et Éluard). Le trio des provocateurs paresseux disqualifie les scribouillards disciplinés. L'exergue de l'essai de Rémy Ricordeau sur Arthur Cravan est une merveille : « Ce livre a certainement sa place dans la surproduction contemporaine. » Cette phrase tirée des *Notes* de 1917 est à elle seule un geste d'une parfaite ironie. De son vrai nom Fabian Lloyd, Arthur Cravan est né en 1887 et mort en 1918, à trente et un ans. Breton le qualifiait de « génie à l'état brut ». Tout est original chez lui : sa taille (deux mètres), ses combats de boxe (tous perdus), sa revue *Maintenant* dont il écrivait tous les numéros (pas mal pour un flemmard), ainsi que son oncle célèbre (Oscar Wilde avait épousé Constance, la sœur de son père). À New York, en avril 1917, il arriva ivre mort et sans texte lors d'une conférence à Greenwich Village. Il insulta le public et commença à se déshabiller. Ce scandale est devenu mythique. Si un écrivain faisait la même chose aujourd'hui, par exemple en direct sur une radio de service public, personne n'y verrait un acte surréaliste, juste un branleur à dégager. Cravan était irrécupérable, incontrôlable, ingérable. Guy Debord le surnomma « la mutinerie qui gagne ». Le livre de Rémy Ricordeau n'est pas une biographie classique mais un recueil d'articles de journaux de l'époque, collés avec le prosopoème *Notes* et les lettres à ses trois fiancées (Renée Bouchet, Sophie Treadwell et Mina Loy). On peut dire que M. Ricordeau est un filou situationniste qui a réussi à publier un livre à la manière de Cravan, c'est-à-dire sans travailler outre mesure. Sur les 238 pages, en enlevant les photos, fac-similés, citations et la superbe postface amoureuse d'Annie Le Brun, seules 48 sont de lui – mais elles étincèlent. L'éditeur présente cet ouvrage comme « d'une brûlante inactualité » ; ajoutons qu'il est inutilement urgent. Rémy Ricordeau a fait mieux qu'un livre punk : en s'effaçant avec une suprême élégance, il devient la réincarnation de son maître. Quant au *Prosopoème* de Cravan, il s'agit d'une quinzaine de pages d'une force unique et d'une mégalomanie déroutante. « J'ai rêvé d'être assez grand pour fonder et former à moi seul une république. » « Quand je vois quelqu'un de mieux habillé que moi je suis scandalisé. » « Je regarde la mort à travers mes hublots. » « Je suis ce que je suis : le bébé d'une époque. » Cravan est le Rimbaud des renégats, des ratés, des empêcheurs d'écrire en rond. Comme dit André Breton dans son introduction de 1942, « longtemps les poètes reviendront y boire comme à une source ».

Numéro 27

Nouvelles de Vincent Ravalec (2020)

Aujourd'hui, avec plus de trente années de recul, on peut le dire : Vincent Ravalec a été victime d'une injustice. Il n'a pas été pris au sérieux comme nouvelliste parce qu'il ne se prenait pas assez au sérieux lui-même. On a cru que ses nouvelles étaient des petites blagues, des mésaventures burlesques, des miniatures loufoques. Ses lecteurs étaient nombreux, mais ils ne l'ont pas défendu autant qu'ils l'auraient dû. Oui, je n'hésite pas à le proclamer : les lecteurs de Ravalec sont des ingrats, des amnésiques, et surtout ils sont influençables. Si un auteur raconte sans cesse des histoires de losers, ils finissent par croire qu'il en est un. Alors qu'on peut être génial en racontant des histoires de ratés : Cervantès avec Don Quichotte, Melville avec Bartleby, Dostoïevski avec Raskolnikov, Céline avec Bardamu, John Fante avec Bandini… La liste est infinie. Ce qui est incroyable, c'est que tout le monde croit, depuis *Un pur moment de rock'n roll* (1992), qu'il est facile de faire du Ravalec. Or personne d'autre n'y est parvenu, ni avant ni après ! Lisez ce recueil et vous verrez : la vitesse, l'humour, la simplicité, l'efficacité, le tranchant, l'univers, tout était là et… c'est horrible, quand on y pense, de s'apercevoir qu'un écrivain peut être puni pour son humilité. Les premiers textes de Vincent Ravalec ont quelque chose de désopilant, mais jamais de facile. On croit qu'il a copié les grands nouvellistes américains (Salinger, Cheever, Carver), mais ce n'est même pas sûr : c'est un autodidacte absolu.

Tout juste peut-on supposer qu'il connaissait Charles Bukowski, dont il emprunte les décors extrêmes (prisons, bars, hôpitaux, stations-service) et un goût pour les perdants magnifiques : toxicomanes, obsédés sexuels, putains, employés de maisons de disques, écrivains maudits. Mais c'est à peu près tout. Voilà un auteur complètement original et délirant bien que réaliste (en tout cas au début, avant qu'il n'abuse des produits psychédéliques), qui multiplie les situations les plus pathétiques sans aucun amour-propre. Et l'histoire littéraire ne le considère pas à sa juste valeur.

Moi qui le défends depuis trente ans, je vais finir par en avoir marre de me taper le sale boulot. C'est pourquoi il faut absolument lire ce recueil en 2021. C'est sa Pléiade, si vous voulez. Parce que Vincent Ravalec est bien meilleur dans les textes courts. C'est là qu'il donne la pleine mesure de son talent vif, marrant, émouvant, énergique, puissant. Peut-être que sur la longue distance, il se perd, s'épuise, digresse trop. Ce n'est pas toujours vrai, mais il faut le dire : certains écrivains sont des sprinters, d'autres des marathoniens, et il est possible que le génie de Ravalec ne soit pas reconnu pour cette raison-là. Le système littéraire actuel privilégie les spécialistes du relais 4 x 400 pages, mais pas les boulets de canon. Ravalec est sans doute, inconsciemment, intimidé par la longue distance, alors qu'il est parfaitement à l'aise dans la brièveté, dans les dialogues, où il excelle, ainsi que dans les descriptions rapides, brutes de fonderie.

Quand je l'ai lu pour la première fois, j'ai été estomaqué. Il était évident qu'un type aussi libre, drôle et trash (à ses débuts il ne parle que de prostitution, de biture, de partouze et de drogue) allait révolutionner la littérature contemporaine. C'est d'ailleurs à peu près ce qui s'est passé ! Sauf qu'on attribue à deux de ses confrères le mérite de ce chamboulement baptisé – par les cuistres dans mon genre – « post-naturalisme » : il s'agit de Michel Houellebecq et Virginie Despentes. Je pense que, sans rien ôter à leur importance, Vincent Ravalec était là avant eux, mais qu'étant meilleur dans les nouvelles que les romans, on n'en tiendra pas compte dans les dictionnaires. Il a reçu le prix de Flore avant Houellebecq et Despentes (l'année de sa création, en 1994). L'autre jour, alors que nous fêtions les vingt-cinq ans de cette cérémonie du Flore, je l'ai cité, en rappelant que c'était Françoise Sagan qui lui avait remis son chèque en 1994, mais il n'a même pas voulu monter sur scène sous les applaudissements de Saint-Germain-des-Prés ! On se fatigue pour que justice lui soit rendue et lui continue à s'en foutre.

Comment voulez-vous que la postérité reconnaisse enfin son talent si le principal intéressé s'en bat les couilles ?!

Numéro 26

Romans et nouvelles (1959-1977) de Philip Roth

Les écrivains sont meilleurs quand ils ne se prennent pas pour des écrivains. Philip Roth ne déroge pas à la règle : la publication dans la Pléiade de ses premières œuvres nous remémore le jeune homme énervé qu'il fut, à ses débuts, si irrespectueux des règles de sa famille, de son milieu, de sa religion. Un obsédé sexuel et un humoriste digne de Bellow et Singer ! Un provocateur qui tournait en ridicule son époque, ses femmes, les Juifs et l'Amérique ! Plus incorrect, tu meurs. Dans les années 1960-1970, Roth n'avait rien à voir avec l'auteur de gros romans sentencieux attendant vainement son Nobel dans les années 1990-2000. Pour une fois, la Pléiade n'embaume pas un romancier vivant, mais le ressuscite. L'idée, par exemple, de modifier le titre *Portnoy et son complexe* pour *La Plainte de Portnoy* permet de lui rendre l'aspect pamphlétaire de son intitulé original. *Portnoy's Complaint* fut un succès immense, une gifle au puritanisme de l'après-guerre, un pied de nez à l'ennui petit-bourgeois et au matérialisme, où Philip Roth se pose en digne héritier de son compatriote Henry Miller. Allongé sur le divan de son psychanalyste en 1969, Alexander Portnoy est de loin le personnage américain le plus important et influent de la seconde moitié du XXe siècle, avec Holden Caulfield. Il a libéré la parole de nombreux satiristes pour des décennies, de Woody Allen à Jonathan Safran Foer.

Quelle joie de redécouvrir ce roman délirant de liberté après #metoo, alors que les appels à la délation sexuelle se multiplient en France comme aux États-Unis depuis 2017. On n'en croit pas ses yeux. On se demande même si Gallimard publierait un texte pareil si un inconnu l'envoyait par la poste aujourd'hui : « Ai-je mentionné que lorsque j'avais quinze ans je l'avais sortie de mon pantalon et m'étais branlé dans l'autobus 107 en revenant de New York ? » (Citation tirée du chapitre « Fou de la chatte » !) #BalanceTonRoth !! Ne parlons même pas du *Sein* (1972), où David Kepesh est transformé en nichon géant, et de *Professeur de désir* (1977), qui raconte la vie amoureuse du même personnage, professeur de littérature « studieux le jour et la nuit licencieux ». Un héros qui rêve de « la putain de Kafka » ! La reparution de tels écrits en France n'est pas un hasard mais un message d'espoir pour tous les libertaires. À quatre-vingt-quatre ans, Mister Roth nous envoie une supplique d'outre-Atlantique : ne censurez pas les seins comme Facebook.

N'interdisez pas le désir masculin. Arrêtez les violeurs, bien sûr, mais, par pitié, ne castrez pas les hommes.

Numéro 25

Vernon Subutex 1 & 3 de Virginie Despentes (2015)

Si l'on lit *Soumission* de Houellebecq et *Vernon Subutex* de Despentes l'un après l'autre, on se rendra compte qu'ils ont quelque chose en commun (outre la même année de publication) : François et Vernon, leurs personnages principaux, sont deux irresponsables. Ils n'ont pas été programmés pour se comporter en hommes libres. Vernon Subutex tient un magasin de disques à Paris baptisé « Revolver ». En 2006, la boutique fait faillite. En quelques années, le rocker devient SDF. Virginie Despentes raconte ce qui se passe quand un punk ne meurt pas à vingt-sept ans comme Kurt Cobain, Jim Morrison, Janis Joplin, Jimi Hendrix ou Amy Winehouse : une chute inéluctable. On a l'air malin quand on a répété « No Future » toute sa vie et que, soudain, on est exaucé. Ses amis ne peuvent pas aider Vernon : ils sont tous morts, ou embourgeoisés, avec femmes, enfants, métiers sinistres. Vernon découvre le chômage, le RSA, la précarité. Très vite, il n'a plus de carte de crédit, plus d'appartement, plus de fiancée : c'est un punk à chien sans chien. Despentes se prendrait-elle pour Charlie Chaplin avec son héros clodo ? Son style est moins argotique et syncopé que dans *Baise-moi*, tout simplement parce que *Baise-moi*, c'était vingt-deux ans plus tôt. Oh mon Dieu, le coup de vieux que cela nous flanque. *Vernon Subutex* est l'album de la maturité, comme disent les critiques de rock à propos de *Sticky Fingers* des Rolling Stones. « Passé quarante ans, tout le monde ressemble à une ville bombardée. » Dans une prose étonnamment classique, Despentes décrit les conséquences de la mort du disque sur tout un pan de la société. Il y a très peu de livres sur le vieillissement d'un rocker (je n'en connais qu'un autre : *Le Dernier des Savage* de Jay McInerney) ; ceci est le premier drame social sur la crise de l'industrie musicale. La dématérialisation, pour les ex-adolescents fascinés par les vinyles, c'est comme un rêve qui s'achève. Tout ce que Vernon possédait, il le vend sur eBay, à part le « testament vidéo » d'un copain célèbre, enregistré un soir de défonce chez lui. Sa dernière chance ? Virginie Despentes, écrivaine post-punk, cinéaste hard, féministe pro-sexe et désormais lesbienne militante, endosse une nouvelle panoplie, celle de romancière balzacienne. Elle brosse une galerie de portraits d'époque, tous méchamment réalistes. Son roman fourmille d'idées : par exemple, elle démontre comment les émissions de téléréalité ont converti la jeunesse à l'individualisme compétitif (« mort aux vaincus »). *Vernon Subutex* est une grande fresque d'aujourd'hui. On se doutait que Despentes pouvait l'écrire, mais on ne savait pas qu'elle y parviendrait avec une telle grâce.

La concomitance de publication crée un phénomène d'écho entre certains romans récents. J'ai dévoré le tome 3 de la saga *Vernon Subutex* de Virginie Despentes juste après le troisième épisode des aventures de Russell Calloway (*Les Jours enfuis* de Jay McInerney). Le sieur Subutex se prend les attentats parisiens de 2015 dans la figure, le second traverse la crise des subprimes de 2008 à New York. Ces deux écrivains réhabilitent le roman journalistique, où l'actualité récente est rapidement digérée. C'est un peu comme si vous regardiez BFM TV avec Despentes et McInerney qui commentent les infos à la place d'Apolline de Malherbe et Éric Brunet. Ce sont Dumas, Balzac et surtout Eugène Sue qui ont fixé les règles du roman-feuilleton : le lecteur connaît les événements, les dates, les étapes ; au romancier de rebondir dessus. Le projet n'est pas de s'évader mais de plonger des archétypes imaginaires dans un malheur que tout le monde connaît. De regarder la petite histoire se débattre avec la grande. De se comparer aux personnages. On est passé du roman-miroir au roman-selfie.

Dans le tome 3, Vernon Subutex, l'ancien disquaire, est devenu DJ de campagne. Il vit près de Bordeaux avec une bande de parisiens échappés de la ville : Virginie Despentes a peut-être lu les derniers romans d'Olivier Maulin (*Les Lumières du ciel*, 2011, *Le Bocage à la nage*, 2013, *La fête est finie*, 2016), qui tournaient en dérision le fantasme du retour à la terre.

Vernon organise des teufs dans la nature qu'il baptise « convergences ». Son utopie consiste à danser sans se droguer. La punk Despentes serait-elle devenue baba cool depuis qu'elle siège au jury Goncourt, entre Patrick Rambaud et Pierre Assouline – deux hippies notoires[1] ? Les amis de Subutex le vénèrent comme le Messie. Plusieurs intrigues s'ajoutent : une actrice de X assassinée, un héritage gagné au loto, un producteur qui veut se venger… Le message du livre est flou. S'agit-il de critiquer l'engagement impossible ou de promouvoir la fête de la Musique ? Malgré sa dénomination terroriste, le « groupe des Buttes-Chaumont » ne basculera pas dans la violence. Enfin… Ne « spoilons » pas la chute. Depuis vingt-cinq ans, Virginie triture l'argot comme un Céline en perfecto. Mais son nihilisme s'est adouci. Elle vieillit bien. Elle devine le désespoir du futur – sa trilogie s'achève en 2186. Lady Despentes n'a pas de message sauf la lutte pour la survie, et rien n'est plus émouvant que de voir cette pessimiste se mettre à croire en l'humanité.

---

1. Non. Elle a démissionné en janvier 2020. Elle est toujours aussi punk. *(Note de l'auteur.)*

Numéro 24

Destinées sentimentales de Jacques Chardonne (1934-1961)

Quand j'étais étudiant et impertinent, il me revient qu'avec des copains nous blaguions souvent sur *Le Bonheur de Barbezieux* de Jacques Chardonne. Ce titre incarnait à nos yeux la littérature de vieux, le roman ennuyeux de la France profonde : nous le prononcions d'une voix chevrotante, méchamment, sans l'avoir lu. En 2018, les éditions Albin Michel ont réédité un volume de trois livres de Chardonne à l'occasion du cinquantenaire de sa disparition, car, oui, Jacques Chardonne est mort en mai 1968 : il n'a rien laissé au hasard. Je me suis ainsi plongé avec une rare délectation dans un roman datant de 1934, *Destinées sentimentales*, un recueil de nouvelles de 1961, *Femmes* (Sollers lui a piqué son titre en 1983) et un florilège d'aphorismes de 1937, *L'amour c'est beaucoup plus que l'amour*. Trente ans ont passé, qui me renvoient en pleine figure toute la stupidité de ma jeunesse.

Ne tournons pas autour du bunker : je sais que Chardonne accepta un voyage en Allemagne, à Weimar, en octobre 1941, à l'invitation du docteur Goebbels, ce qui ne l'a pas empêché d'être l'écrivain préféré de François Mitterrand, Emil Cioran, Roger Nimier, Alexandre Vialatte et Patrick Besson. En ces temps de simplification hâtive de tout, il faut rappeler un principe de base : on peut être un grand écrivain et un piètre idéologue, un styliste hors pair et un crétin politique, un immense cinéaste et un tripoteur d'enfants, un producteur génial et un maniaque sexuel. Ne me faites pas écrire ce que je n'ai pas pensé : cela ne va pas forcément ensemble ; il se trouve que c'est parfois livré avec. Jacques Chardonne est « le grand romancier du couple », dit le bandeau rouge. Il est vrai que dans son premier roman, *L'Épithalame* (finaliste du Goncourt en 1921), il en donne la plus parfaite définition, « ce curieux assemblage de deux êtres qui ne laisse personne en repos ». Ce gros volume de sept cents pages permet de vérifier que le style de Chardonne possède tout : la limpidité, la mélancolie et la sensibilité. N'ayant pas vu son adaptation de trois heures par Assayas, Jean et Pauline des *Destinées sentimentales* n'ont pas eu pour moi les visages de Charles Berling et Emmanuelle Béart : j'ai pu m'identifier. Les portraits de *Femmes* sont fragiles et touchants comme des aquarelles. Quant aux phrases de *L'amour c'est beaucoup plus que l'amour*, on voudrait toutes les retenir par cœur (par exemple, « Le bonheur des autres fait toujours pitié »). Le bonheur, selon Chardonne, ne consiste pas à draguer, coucher et s'en aller ; ce qui l'intéresse, c'est de rester avec une seule femme, parce que c'est tellement plus compliqué.

Numéro 23

D.V. de Diana Vreeland (1984)

Il y a plusieurs façons d'être féministe : écrire des manifestes comme Simone de Beauvoir, légaliser l'avortement comme Simone Veil, chanter « fuck Poutine » comme les Pussy Riot, montrer ses seins comme les Femen… mais certaines femmes ont davantage inauguré une nouvelle façon de vivre le féminin en se contentant de vivre librement, en toute frivolité et sans militantisme.

Dans cette dernière catégorie – que nous appellerons les « dandys féminines » – figurent Colette, Brigitte Bardot, Françoise Sagan et Diana Vreeland. Née Diana Dalziel, cette enfant gâtée, originaire de Paris, d'un père anglais et d'une mère américaine, a révolutionné la presse féminine dans les années 1930 à 1960. À l'époque, les journaux comme *Harper's Bazaar* expliquaient comment devenir une épouse modèle. Avec Diana Vreeland, ils apprendront aux femmes comment être plus méchante que leur voisine, épouser le plus beau mec du quartier, divorcer, faire l'amour, voyager, porter des jeans… Une sorte de libération par le glamour et sans brûler son soutien-gorge, comme l'atteste sa déclaration restée célèbre : « Le bikini est l'invention la plus importante depuis la découverte de la bombe atomique. » Sa petite-fille Lisa Immordino-Vreeland lui a consacré un remarquable documentaire au cinéma, *L'œil doit voyager*, en 2012.

Résultat de sept années d'entretiens avec George Plimpton (le fondateur de la *Paris Review*) et Christopher Hemphill, *D.V.*, son livre de mémoires, datant de 1984, a enfin été traduit en 2019, en France, par la flamboyante journaliste de *Grazia* Laureen Parslow, surnommée la « Madonna française ». On y retrouve cet art du montage virtuose dont George Plimpton avait fait preuve dans sa biographie de Truman Capote : il ne suffit pas d'enregistrer des propos, encore faut-il couper tout ce qui est ennuyeux. Pour *D.V.*, il n'a gardé que les anecdotes croustillantes, les délires verbaux, les provocations hilarantes et les souvenirs baroques de la grande papesse de la mode new-yorkaise.

Extrait : « La vulgarité est un ingrédient indispensable dans la vie. » (Sans aller jusqu'à s'habiller comme Elton John, il est évident que cet aveu soulage le tennisman qui écrit ces lignes, bien obligé parfois de céder à la pression ignoble des chaussettes blanches.) Autre citation : « Je vais vous dire en quoi je crois : les patchs chauffants pour le dos. » (Voilà une religion bien singulière. Mais plus qu'une religion, c'est un art de vivre : le confort passe avant tout.) Même sa conclusion est digne d'Oscar Wilde : « Je suis certaine que j'ai choisi de naître à Paris. »

Numéro 22

Une vie à coucher dehors (2009)
et *S'abandonner à vivre* (2014) de Sylvain Tesson

Longtemps je me suis méfié de Sylvain Tesson. Plus il voyageait, plus j'aimais son père. J'en voulais à ce jeune écrivain d'être plus nomade que moi. De lui, les gens disaient : « Oh, Sylvain, il est probablement à Samarcande. » De qui dit-on ça, putain ? Et d'abord c'est sur quelle ligne de métro, la station Samarcande ?! Quand il traversait la steppe en crawl, escaladait l'Himalaya à cloche-pied ou traversait le lac Baïkal à dos de yack, il me confrontait à ma paresse, mon immobilité, ma frilosité. Les aventuriers diurnes foutent la honte aux sédentaires nocturnes. Il est tout de même déloyal, quand on essaie d'épater des groupies littéraires en récitant du Baudelaire le cul sur son tabouret au comptoir de *La Palette*, que des confrères bourlingueurs en side-car les fassent rêver de continents lointains. Joseph Kessel est mort, Nicolas Bouvier aussi, ce n'est pas pour qu'un ersatz à casquette en cuir vienne détourner les bombasses germanopratines avec ses pérégrinations ouralo-altaïques ! Avec Sylvain, nous avions un désir commun de Russie, mais mon fantasme était plus proche de Natalia Vodianova que de Michel Strogoff. À part la vodka, tout nous opposait. Il s'enfermait dans une cabane en Sibérie ; je préférais la réclusion au *19*, le bordel moscovite (n'insistez pas pour avoir l'adresse, il est désormais fermé). Tesson fréquentait des ours, moi des oligarques. Là où Sylvain gravissait les cathédrales à mains nues, je descendais dans des chiottes toutes narines ouvertes. Les récits de ses exploits, généralement photographiés par un comparse, n'étaient pas imprimés dans les mêmes rubriques du *Figaro*. Lui avait droit aux grands reportages exotiques, je devais me contenter des ragots mondains ou littéraires, parfois de la page des faits divers, en cas d'arrestation. Une amie commune a publié un roman sur leur vie sexuelle ; j'ai béni le ciel qu'elle ne se souvienne plus de moi. Nous avons tourné autour de la même planète, mais sur deux orbites différentes. Avons-nous vécu dans le même pays, grandi au même siècle ? Je trouvais qu'il progressait en écriture. Son style a gagné en souffle à mesure qu'il se détachait de ses voyages. C'est le cas dans *Une vie à coucher dehors* (2009) et *S'abandonner à vivre* (2014), ses deux recueils de nouvelles.

Auparavant, je me demandais toujours comment il faisait pour rédiger ses *travel books* : sur ses genoux, sous la tente, à peau de phoque ? Mais de quel droit me moquais-je ? Il m'est arrivé de griffonner sur des banquettes poisseuses, dans des piscines sales ou sous des corps léthargiques. Quand on a une idée, il faut la noter coûte que coûte, pour s'en débarrasser, à n'importe quel prix. Au fond, nous sommes deux misanthropes, l'un seulement plus agoraphobe que l'autre.

J'appréciais surtout ses nouvelles (joyeusement pessimistes) et son journal *(Une très légère oscillation)*, qui m'ont prouvé qu'il savait décrire autre chose que les forêts de bouleaux et les pannes de carburateur dans la toundra. Un jour d'octobre 2018, nous avons fini par nous rencontrer. C'était bien après son accident. Il ressemblait à un tableau cubiste avec un sourcil levé et une bouche de traviole ; il m'a rappelé la grimace que je fais parfois aux alentours de cinq heures du matin, quand je ne parviens plus à énoncer que des onomatopées. Dieu merci, il fut plus éloquent. Il m'a expliqué qu'il ne pouvait plus boire d'alcool sans risquer l'épilepsie. Je me suis apitoyé et il m'a pardonné de me resservir de vin devant lui toute la soirée, ce qui est une preuve de ma mauvaise éducation et/ou de mon addiction incurable. Nous avons donné une conférence absurde pendant deux heures, à propos d'intelligence artificielle, à Genève, devant des scientifiques masochistes qui riaient jaune. Il les a copieusement insultés, et j'ai opiné du chef avec délectation. C'est désormais l'un de mes écrivains contemporains préférés, et j'ose même le proclamer : un frère. Je trouve extraordinaire qu'avec des expériences, des goûts littéraires, des « chemins de vie » (comme il dit) et surtout des styles vestimentaires si diamétralement opposés, nous soyons parvenus à tomber d'accord sur à peu près tout le reste, à savoir que le monde actuel nous semble complètement con et moche. Je souhaite une longue vie à mon contraire parfait. Je me suis longtemps méfié de Sylvain Tesson et j'avais bien raison : ce type est vraiment dangereux. Il serait foutu de me convaincre de le suivre au bout du monde, pour aller m'expliquer *l'Iliade* et *l'Odyssée* sous une yourte. Si un jour je disparais, et que personne n'a de mes nouvelles pendant des mois, vous savez où me trouver : probablement à Samarcande.

Numéro 21

L'Esprit de Paris de Léon-Paul Fargue (1934-1947)

Ayant quitté la capitale en 2017, j'en redécouvre avec délice la beauté à chacune de mes visites. Je suis désormais accueilli comme un revenant provincial, un plouc flâneur, un évadé basque, un fantôme du monde d'avant... Il m'est impossible de ne pas songer au *Piéton de Paris* à chaque fois que je surfe sur la Seine. C'est ainsi que se surnommait le Vialatte des faubourgs, Léon-Paul Fargue. Les éditions du Sandre ont publié le tome 1 de ses œuvres complètes, *L'Esprit de Paris*, immense somme rassemblant l'intégrale de ses chroniques parisiennes (dont de nombreux inédits, notamment les textes datant de l'Occupation) : sept cents pages de descriptions légères et détaillées de la Ville-autrefois-Lumière, de 1934 à 1947. « Je parle, je marche, je me souviens, c'est tout un. » Si, comme moi, vous aimez vous lamenter sur Paris défiguré, Paris pollué, Paris déserté, Paris confiné, ce monument va vous régaler. « Il n'est bon spleen que de Paris. » Fargue a le regard furtif et le jargon précis. Il voit tout et devine le reste. Il connaît la ville sur le bout des pieds. Il l'arpente surtout la nuit, avec ivresse et tristesse. Il regrette ce qui change, alors imaginez : le lire, c'est additionner notre regret au sien. C'est une déploration au carré ! Je me demande parfois si la nostalgie n'est pas indispensable au talent. Un écrivain heureux écrit mal ; il faut souffrir pour être bon.

Dans sa jeunesse, Fargue a fréquenté les décadents et les salons, les cabarets et les maisons closes. S'il préfère son 10e arrondissement (« un quartier de poètes et de locomotives »), il a tout bu, tout connu, de Montmartre à Saint-Germain-des-Prés, des gargotes des Halles aux palaces des Champs-Élysées. Beaucoup de ses chroniques furent griffonnées au *Bœuf sur le toit*, mais son endroit de prédilection était le canal Saint-Martin – « une eau calme comme un potage de jade » –, ce qui en fait l'ancêtre des bobos. Il a fait découvrir les hauteurs de Ménilmontant à Colette et les bas-fonds de Pigalle aux lecteurs du *Figaro*. Fargue est un Morand pas snob, un Kessel qui se prendrait pour Toulet. Au départ poète, il s'improvise journaliste nocturne pour payer ses notes de bar. Ce qu'il prenait pour une déchéance sera son passeport pour l'éternité. « Alors, saisissant d'une main de feu mon chapeau des vieux jours [...], je me hâte vers ces rues, vers ces toits, vers ces kiosques, vers ces piles de taxis qui m'attendent, qui m'absorbent et me noient dans l'insensible tourbillon... » L'insensible tourbillon : voilà bien la seule chose qui n'ait pas changé.

Numéro 20

La Trajectoire des confettis
de Marie-Ève Thuot (2020)

Miracle ! Enfin un roman féministe dont les héroïnes boivent et couchent avec tout le monde dans la joie et la bonne humeur. Le premier roman de Marie-Ève Thuot est traduit du français au français. Dans la version québécoise de 2019 publiée aux éditions Les Herbes rouges, une fille « magasinait » un smoking ; dans la version publiée en France aux éditions du Sous-Sol, elle « choisit » un smoking. Dans la version originale, elle avait « de bonnes jobs » ; dans la version du vieux monde, elle a « un bon boulot ». Il reste toutefois quelques traces de québécois dans cette réinterprétation : « rendu au bar », page 48, « c'est ben fort le schnaps », page 53, ou « viré une brosse » (pour « bourré la gueule »), page 78... ce qui fournit la petite touche d'exotisme idéale pour donner l'impression de regarder un film de Xavier Dolan, en moins hystérique. Quelle fabuleuse idée que d'avoir importé ce roman choral de notre jeune cousine d'outre-Atlantique. Aucun auteur français ne possède cette ampleur : n'oublions pas que les romans québécois sont des romans américains écrits directement dans notre langue. L'histoire commence en 1899, s'achève en 2027, et ambitionne pas moins que de raconter l'évolution de la sexualité occidentale, de la Bible jusqu'aux matchs Tinder ! *La Trajectoire des confettis* décrit de façon hachée et polyphonique une famille merveilleusement décomposée.

L'originalité de cette saga rappelle *Les Corrections* de Jonathan Franzen, sans la prétention intellectuelle. Marie-Ève Thuot tisse avec fluidité une suite de saynètes dialoguées qui zappent entre les époques et les relations polyamoureuses : ça fuse, ça se trompe, ça boit des « cerveaux » (shot de pêche-Baileys-grenadine). Ses personnages chutent comme des confettis aux itinéraires imprévisibles mais festifs et multicolores sur les épaules du lecteur. Enceinte, Alice apprend que son mec a engrossé une autre femme, Diane. Elles vont accoucher dans la même maternité ; la seconde se suicidera. Mon personnage préféré est Charlie, la femme de Zack ; elle couche avec des garçons de dix-sept ans et fréquente les clubs échangistes, avec la bénédiction de son mari. Être une femme libérée, à Montréal, tu sais, c'est bien plus facile. Il y a aussi Xavier, le barman amoureux d'une alcoolique tatouée – laquelle ressemble à « un arc-en-ciel échoué » qui cite le *Parc humain* de Sloterdijk. Mlle Thuot entrecroise les relations fluctuantes, l'adultère algorithmique, le sexe sans amour, et l'amour pluriel, et les enfants qui se débrouillent comme ils peuvent dans tout ce foutoir. Elle explore toutes les tragi-comédies de la post-humanité apocalyptique avec une aisance, une insolence et une indécence absolument réjouissantes.

Numéro 19

Œuvres complètes de Raymond Roussel (1910-1935)

Critique littéraire est un curieux métier. Il faut que je vous raconte comment la littérature nous envoie parfois de ces signaux étranges, venus d'on ne sait où… J'avais emporté à Nice un ouvrage très chic avec, sur la couverture, un drôle de bonhomme qui posait en pantalon blanc. La collection « Bouquins » avait publié en septembre 2019 un volume rassemblant pour la première fois l'intégralité de l'œuvre de Raymond Roussel (1877-1933). Ce dandy millionnaire et reclus est l'auteur de plusieurs livres « cultes », comme on dit de ces livres qu'il faut toujours citer sans jamais les lire : *Impressions d'Afrique* (1910), *Locus Solus* (1913) et *Comment j'ai écrit certains de mes livres* (posthume, 1935). Des romans complètement fous, où les trains roulent sur des « rails en mou de veau », et qu'on peut situer entre le surréalisme le plus expérimental et l'absurdité théâtrale d'avant Ionesco. Dans sa préface, Yann Moix écrit : « Ce que Raymond Roussel cherche à éradiquer, c'est le monde de tout le monde. » Un peu plus loin dans cette bibliothèque de survie, nous nous attarderons sur le cas de Huysmans, l'homme le plus seul du monde. Avec Raymond Roussel, il y a photo à l'arrivée. Les écrivains décadents se sont souvent enfermés dans un « lieu pour être seul » (« Locus Solus »). Des Esseintes dans *À rebours* possédait une tortue incrustée de diamants ; Martial Canterel, l'unique habitant de Locus Solus, conserve précieusement un énorme diamant rempli d'eau et contenant un chat sans poils, une danseuse, et la tête encore vivante de Danton. Avant de basculer dans la dépression, Raymond Roussel avait tout misé sur un premier roman plus accessible, entièrement en alexandrins rimés : *La Doublure* (1897). Et c'est là que j'en arrive à ces signes du destin annoncés au début de ce texte. J'ai écrit ceci dans une chambre avec vue sur la promenade des Anglais, car j'étais invité au festival Cinéroman, à Nice. Or j'ai découvert que ce premier roman en vers, *La Doublure*, publié par Roussel à l'âge de vingt ans, se passe presque intégralement sur la promenade des Anglais. Un couple s'aime, se perd, se retrouve au milieu du grand carnaval de Nice.

Raymond Roussel décrit les confettis en plâtre qui répandent une cendre blanche sur les souliers et le sol. Il montre les masques en carton, les pierrots effrayants, les chevaux qui tirent des chars et les feux d'artifice, qui explosent comme des bombardements. On ne peut pas lire aujourd'hui *La Doublure*, après ce qui s'est passé en ce lieu il y a cinq ans, sans avoir les larmes aux yeux. Le requiem du 14 juillet 2016 date de 1897.

Numéro 18

Encyclopédie des dessins d'humour par *The New Yorker* (2019)

Un coffret monumental des éditions des Arènes rassemble les meilleurs dessins du *New Yorker* depuis 1925. Traduits en français sous la supervision de Jean-Loup Chiflet, ces deux mille cinq cents dessins inédits sont l'occasion pour moi d'exprimer mon fanatisme sans la moindre distance critique. Il y a un mystère des dessins non satiriques. Quel est le secret du *New Yorker* pour nous faire rire sans caricaturer les hommes politiques de la semaine ? En France, nous avons une tradition moqueuse depuis Rabelais et Molière, mais nous ne savons pas faire rire avec des chats psychanalystes, des dinosaures dépressifs ou des hommes abandonnés sur une île déserte qui cherchent le code du WiFi. Dans le *New Yorker*, on ne voit pas de caricatures de Donald Trump parce que ce magazine estime – à juste titre – que les dessins politiques sont démodés le lendemain même de leur publication. Le principe du *New Yorker* est de défendre un humour absurde, un décalage qui ne vieillit pas, des situations immortelles qui ressemblent à des aphorismes de Cioran. L'une des rares fois où le magazine s'est risqué à l'exercice en caricaturant Barack Obama en musulman dans le bureau Ovale, un portrait de Ben Laden au mur, c'était pour parodier les accusations de l'extrême droite, qui accusait à l'époque le candidat démocrate d'islamo-gauchisme à l'américaine et d'affiliation terroriste. Mais personne n'avait compris la blague, et le journal avait dû présenter ses plus plates excuses, au couple Obama comme aux lecteurs.

Le *New Yorker* évite aussi la scatologie et le cul. C'est un magazine assez coincé, ou élégant, selon votre point de vue sur la nécessité de prononcer des grossièretés pour être drôle.

L'art du *New Yorker* consiste à mélanger apolitisme sophistiqué et puritanisme chic. Cela n'empêche pas les dessinateurs de cette institution d'être bêtes et méchants comme n'importe quel caricaturiste de *Charlie Hebdo* (l'avantage étant de ne pas risquer sa life à chaque coup de crayon). Leur désespoir s'exprime par des détours sophistiqués, comme *Le Penseur* de Rodin, l'arche de Noé, deux golfeurs en costume-cravate, des kangourous en solde ou Christophe Colomb découvrant l'Amérique. Et quand ils parlent de sexe, c'est toujours pessimiste, comme cette femme qui dit à son mec après l'amour : « Pour toi aussi c'était bof ? » Nous devrions être d'autant plus fiers de compter trois Français parmi les envahisseurs de cette forteresse : Jean-Jacques Sempé, Jean-Claude Floc'h et Pierre Le-Tan ont dessiné des unes du *New Yorker*, ce qui équivaut à recevoir un prix Nobel du dessin. Je pourrais citer ici mes gags préférés, comme celui du type mourant qui dit à son petit-fils : « J'aurais dû acheter plus de conneries », ou ces deux clients dans un bar, dont l'un dit à l'autre : « Finalement, je crois que je vais accepter les choses que je ne peux pas changer. » Waouh, cette réplique est festivement bouddhiste... mais pas comique ici, car raconter un dessin est aussi décevant que spoiler la fin d'un film. Le dessin forme un tout : la légende seule ne sert à rien sans l'air consterné du gars accoudé au bar qui écoute l'autre pérorer.

C'est dire si ma visite à la rédaction du *New Yorker* fut un grand honneur : l'esprit du *New Yorker* est une manière d'exprimer posément, si possible en costume trois-pièces, des choses cruelles et hilarantes. Je pense à la foule d'anonymes qui rêveraient de déambuler à ma place dans le saint des saints. J'aimerais percer la recette magique et découvrir enfin le Graal de l'humour new-yorkais : ce sera pour le paragraphe suivant (c'est la seule méthode que j'ai trouvée pour vous tenir en haleine). Auparavant, j'aimerais rappeler que, pour un écrivain, le *New Yorker* n'est pas seulement le mètre étalon de la drôlerie décalée, c'est aussi le temple de la nouvelle de fiction aux États-Unis : John Cheever, J. D. Salinger et Truman Capote se battaient pour voir leur nom imprimé dans ses pages. Le magazine publie aussi des enquêtes extrêmement fouillées, rédigées comme des romans : le célèbre reportage de John Hersey sur Hiroshima a rempli toute la revue en 1946, et *De sang-froid* de Truman Capote y a été d'abord publié sous forme de feuilleton. C'est aussi dans ce journal que Ronan Farrow, le fils de Woody Allen, a sorti l'affaire Weinstein, ce qui lui a valu de recevoir le prix Pulitzer. Mon cœur battait en pénétrant dans le hall du One World Trade Center, le gratte-ciel des éditions Condé Nast : je marchais dans l'entrée du seul journal qui tient entre ses mains à la fois le destin de la littérature américaine et le diapason de l'humour mondial. L'immeuble abrite *Vogue*, *Vanity Fair*, *GQ*… mais veuillez pardonner mon snobisme, c'est le *New Yorker* qui m'impressionne le plus. Ce matin, dans la librairie Albertine sur la Cinquième Avenue, j'ai rencontré Bob Mankoff, dessinateur de 1977 à 1997, puis patron des dessins du *New Yorker* de 1997 à 2017. Il ressemble à Joey Ramone avec ses longs cheveux blancs et ses lunettes de rock star. C'est un des plus grands génies du *nonsense* : il a inventé les pointillés en noir et blanc (inspirés des impressionnistes), et il est l'auteur de ce dessin que j'admire tant, où une épouse, assise sur un canapé, dit à son mari : « Excuse-moi, chéri, je n'écoutais pas. Peux-tu me répéter tout ce que tu m'as dit depuis que nous sommes mariés ? » Certes, le *New Yorker* est souvent considéré comme un des meilleurs magazines au monde, mais il n'est pas parfait. Ses articles se ressemblent tous, avec la règle « une phrase = une info » qui leur donne un style uniforme, d'atelier de *creative writing* avec des conclusions toujours optimistes comme les *happy ends* dans les films hollywoodiens. Bref, on a le droit de ne pas aduler béatement ce magazine. Cela n'empêche pas de le dévorer pour en discuter et de célébrer le fait que, contrairement au *New York Times*, il ne soit pas près de renoncer à ses dessins d'humour.

Je vais maintenant révéler le secret de fabrication des dessins les plus drôles du monde. Bob Mankoff a fixé cinq règles : 1) ce n'est pas grave si cela a déjà été fait (voilà qui devrait rassurer les victimes de CopyComic : en humour, ce qui compte n'est pas d'imiter, mais de produire une variation sur une situation éternelle) ; 2) faites ce qui marche (par exemple, un type qui trouve sa femme au lit avec un autre est toujours rigolo) ; 3) mais si c'est nouveau, c'est bon aussi ; 4) cherchez le contraste avec le contexte (Sempé a fantastiquement illustré ce principe depuis soixante ans) ; 5) j'ai oublié le cinquièmement. Lors de mon rendez-vous dans l'impressionnante salle de réunion du *New Yorker* (aux immenses baies vitrées plongeant sur Wall Street comme si ces gens étaient tous des traders mégalomanes alors que leur obsession est de crobarder des conversations entre deux baleines échouées), j'ai pu interroger David Remnick, le directeur de la rédaction, et Emma Allen, la nouvelle patronne des dessinateurs (remplaçante de Bob Mankoff). Ils m'ont chacun à leur tour livré leur méthode.

Le magazine emploie environ quarante dessinateurs. Chaque dessinateur propose vingt dessins par semaine et un seul est accepté. Pour chaque numéro du *New Yorker*, Emma Allen choisit donc parmi huit cents dessins ! Le secret est donc… le travail, l'effort, la souffrance et la solitude. Je m'y attendais (nous sommes en Amérique), mais est-ce vraiment une bonne nouvelle ? L'humour du *New Yorker* repose sur l'exploitation éhontée de scribouillards angoissés et malheureux… qui, en outre, ne sont rémunérés que si leur dessin est publié. Le système capitaliste le plus ultralibéral produit l'humour le plus délirant : cela explique peut-être pourquoi les dessinateurs étaient moins fun dans la *Pravda*.

Je note un sujet de dessin : sur la table de ces bobos écolos sont posées de nombreuses bouteilles d'eau minérale en plastique. Il faudrait creuser ce paradoxe. Imaginer un homme rampant dans le désert qui refuse de boire une bouteille de Volvic par crainte des perturbateurs endocriniens ? Je sens que je ne suis pas sur la bonne voie. Pour être comique, un dessin ne doit pas donner de leçons de morale. C'est la grande différence entre l'humour du *New Yorker* et celui de France Inter.

« Depuis le début c'est l'ADN du *New Yorker* de ne pas se prendre au sérieux : notre magazine est l'anti-New *York Times* », dit David Remnick.

Moi : Avouez qu'il est très étrange, ce principe de revue intellectuelle avec des textes super sérieux entrecoupés de dessins débiles.

David Remnick : En gros, les dessins servent à faire passer les enquêtes sur la guerre en Syrie. On s'assure toujours que les dessins n'aient rien à voir avec les textes. Parfois, ils se télescopent, mais ce n'est jamais volontaire…

Emma Allen : Les gens liraient plus vite s'il n'y avait que des dessins.

David Remnick : Cela simplifierait ma vie, je vais y réfléchir.

Je lui demande si l'humour sur le couple a changé après le mouvement #metoo. Emma répond, pince-sans-rire :

« On a fait rentrer beaucoup de femmes. Elles sont payées pareil, mais en dollars féminins. »

(Ce qui est, à mon humble avis, la vanne de l'année.) Puis Emma continue : « On fait attention surtout aux réseaux sociaux. Beaucoup de nos dessins marchent très fort sur Instagram. On reçoit des commentaires passifs-agressifs, mais je réponds sur le même mode, et souvent j'ai le dernier mot. Sur les réseaux sociaux, on gagne quand la personne ne répond plus. »

Cette Emma Allen a figuré sur une liste des femmes les plus puissantes d'Amérique, mais elle a davantage d'autodérision que Marlène Schiappa.

« Mon job consiste à refuser des dessins à une bande de névrosés tout en leur donnant envie de continuer à en proposer. Cela demande beaucoup d'amour et de sadisme. »

Ce qui est pénible dans le journalisme, c'est qu'on rencontre des gens géniaux, mais qu'à un moment on doit les quitter et rentrer dans son pays. « La vie est mal fichue », ai-je pensé quand l'avion décollait, mais c'est pourquoi les dessins du *New Yorker* existent.

Numéro 17

Une minute quarante-neuf secondes
de Riss (2019)

À la dix-septième place figure le récit extraordinaire de Riss, qui a reçu une balle dans l'épaule le 7 janvier 2015 à 11 h 33 du matin, rue Nicolas-Appert, dans les locaux de *Charlie Hebdo.* Ma première pensée en ouvrant son livre était évidemment une saloperie : « Comment va-t-il faire pour ne pas répéter tout ce qu'a déjà écrit Philippe Lançon ? » Or, à part la description minutieuse, sobre et insoutenable de la tuerie, *Une minute quarante-neuf secondes* n'a rien à voir avec *Le Lambeau* (prix spécial du Renaudot 2018 et numéro 16 de notre classement). Comme il le dit page 124, « il y a autant de 7 janvier qu'il y a de victimes ». Plusieurs ont eu besoin d'en parler, de comprendre ce qui leur est arrivé, de mettre noir sur blanc pareille folie. Ce sont des livres de survie au milieu des morts, et peut-être sont-ils écrits parce que Cabu, Elsa Cayat, Charb, Honoré, Bernard Maris, Tignous ou Wolinski ne peuvent plus rien raconter. Depuis 1992,

Laurent Sourisseau, dit Riss, est un caricaturiste à l'humour extrêmement noir, peut-être le plus « hardcore » de la bande. Il continue de rédiger les éditoriaux et de dessiner chaque semaine dans *Charlie Hebdo*, qu'il dirige depuis le massacre. Mais son style littéraire diffère diamétralement de son style graphique.

Quand il dessine, Riss est un élève de Reiser : trash, violent, sale, dérangeant, le plus excessif possible. Quand il écrit, c'est un écorché sensible, humain, révolté et mélancolique. Cette schizophrénie me fascine, car la littérature lui a permis d'accomplir un miracle : dévoiler tout ce qui se passe dans la tête d'un dessinateur qui n'aurait jamais dû souffrir autant pour son art, en tout cas qui ne s'imaginait pas une telle hécatombe, ni que défendre la liberté d'expression deviendrait sa mission, en France, au début du XXIe siècle. Riss est un farceur traumatisé, un blagueur qui refuse le statut de victime, un potache convalescent, un innocent en colère. Il y a beaucoup de pages chez lui que Lançon a refusé d'écrire par dandysme (et aussi parce qu'il n'est pas le patron du journal) : sur la solitude dans la lutte contre l'intégrisme religieux, la polémique obscène sur le fric de *Charlie*, les « gargouillis des réseaux sociaux », mais aussi sur les autres blessés, et les morts, et tous les lâches complices des terroristes en 2006, au moment des caricatures de Mahomet. Lançon est en paix, mais Riss est en guerre.

Puisque j'ai écrit l'an dernier un roman qui gesticule contre les dangers du rire, il me semblait indispensable de m'incliner devant l'humoriste le plus courageux et le plus blessé de mon pays.

Numéro 16

Le Lambeau de Philippe Lançon (2018)

Quand, au lendemain du massacre, j'ai appris que Philippe Lançon était présent le 7 janvier 2015 à la conférence de rédaction de *Charlie Hebdo*, qu'il était grièvement blessé, mais qu'il avait survécu, immédiatement, j'ai pensé qu'un jour il écrirait un livre sur cet événement. Il a commencé par raconter sa convalescence dans *Charlie* peu après l'horreur, dans des chroniques d'une élégance surhumaine. Mais *Le Lambeau* n'est pas une compilation de ses articles. C'est un chef-d'œuvre indiscutable, absolu, un monument de sincérité traumatisée et d'intelligence sanguinolente, qui vous laisse en miettes. Même s'il est humainement impossible d'émettre un bémol sur le récit d'un martyr de la liberté d'expression, n'oublions pas qu'il y avait de nombreuses manières de rater un tel livre. Trop de lyrisme l'aurait rendu écœurant, trop de colère aurait tué l'émotion, un excès d'apitoiement aurait pu tout gâcher. Philippe Lançon trouve, à chaque page qu'il arrache à sa chair à vif, le dosage parfait entre la précision factuelle et la simplicité stylistique : la littérature se nourrit de la douleur, mais la douleur ne suffit pas. On ne connaît qu'une seule tentative approchante, qui justement s'intitule *Douleur*, de Zeruya Shalev : un roman d'amour publié par une romancière israélienne grièvement blessée par l'explosion d'un autobus en 2004 à Jérusalem.

Mais *Le Lambeau* tire sa force de ne rien romancer. Sa construction implacable, faisant durer la soirée qui précède l'attaque, reconstruisant l'événement seconde par seconde, au ralenti – la conversation sur Houellebecq interrompue par les kalachnikovs, la vie sauvée par un livre sur le jazz, puis l'évacuation, l'hôpital, l'infinie souffrance absurde et répétée –, provoque chez le lecteur une empathie totale. Il passe par les mêmes sentiments que l'auteur : la sidération, la révolte, l'incompréhension, le dégoût, l'espoir, la pudeur, la renaissance et l'amour. Ce livre est un train fantôme dont on sort à genoux, en pleurs, mais, étrangement, régénéré. Le paradoxe épouvantable, c'est que la violence a permis à Philippe Lançon de devenir le grand écrivain qu'il ne parvenait pas à être dans ses deux romans précédents, grâce à ce dandysme qu'il s'interdisait, auparavant. Ce qui l'a maintenu à flot est ce qu'il appelle sa « légèreté de fer » – avec la musique de Bach. Par provocation, on pourrait dire que *Le Lambeau* est la seule conséquence positive de l'attentat du 7 janvier 2015. Il est surtout l'éclatante victoire de l'art sur la connerie.

NUMÉRO 15

Le Charlatan d'Isaac Bashevis Singer (1967)

Les morts publient trop de chefs-d'œuvre. Ils font une concurrence déloyale aux vivants. Si Isaac Bashevis Singer publie un roman inédit, tous les autres livres en librairie ne valent plus un clou. Sachez qu'il est pénible pour moi d'avoir à reconnaître noir sur blanc cette triste réalité. Son éditeur français précise que « *Le Charlatan* a paru en feuilleton entre décembre 1967 et mai 1968 dans le quotidien yiddish de New York, le *Forverts* ». Curieusement, ce roman simple, profond et hilarant n'avait jamais été traduit en France (seulement en Italie). Isaac Bashevis Singer y raconte comment les Juifs qui ne furent pas exterminés en Europe ont appris à survivre aux États-Unis.

Comment ils ont déménagé, tenté d'oublier le passé, échoué à oublier le passé, appris l'anglais, réussi dans l'immobilier et trompé leur femme avec celle de leur meilleur ami. Si l'on confond parfois Singer avec Saul Bellow, c'est parce qu'ils font exactement la même chose. (La seule différence entre Bellow et Singer, c'est que le premier a reçu le prix Nobel de littérature en 1976 et l'autre deux ans après.)

Le « charlatan » du titre se nomme Hertz Minsker, mais il pourrait s'appeler Moses Herzog (le héros de *Herzog* de Bellow en 1964). C'est un intellectuel maladroit, un écrivain sans œuvre, un puits de culture talmudique et un obsédé sexuel, qui s'attire des ennuis dès qu'il cesse d'être plongé dans la lecture de Sigmund Freud. Son ami Morris Calisher a fait fortune en délaissant son épouse Minna. *Le Charlatan*, c'est *La Cigale et la Fourmi* en imaginant que la cigale et la fourmi couchent avec la même guêpe. Ces personnages m'ont fait penser au grand-père argentin de Santiago Amigorena, qui, bien qu'expatrié à Buenos Aires, ne parvint jamais à oublier sa mère prisonnière. Ce vaudeville se déroule à Manhattan en 1940 : le massacre a commencé. La femme de Hertz a deux enfants coincés dans le ghetto de Varsovie. Le bonheur est impossible, même si, en Amérique, il faut toujours faire semblant d'aller bien. Plus on va mal, plus on doit sourire. « Une puanteur chaude montait des grilles du métro, comme d'un crématorium souterrain. » Singer écrit ce roman avec une incroyable aisance, tout s'emboîte parfaitement, l'angoisse et la joie, les dialogues comiques et la peur panique. Ce qu'Amigorena nomme « le ghetto intérieur » peut pourrir chaque minute de votre vie. Pourtant, cette intensité de la souffrance crée un style unique, et c'est en quelque sorte la « pression » de la tragédie sur les épaules du charlatan qui confère à cet allègre marivaudage la profondeur dostoïevskienne des plus grands chefs-d'œuvre.

Numéro 14

La Belle n'a pas sommeil d'Éric Holder (2018)

Ce n'est pas un secret : je n'ai pas aimé le métier d'éditeur. Je croyais qu'on lisait des manuscrits avant d'aller déjeuner en notes de frais avec Angelo Rinaldi. En réalité on passe un temps fou en réunions marketing et, le reste du temps, on se fait engueuler par des auteurs frustrés, soit parce qu'on a refusé de les publier, soit parce qu'on a accepté, mais qu'ils n'ont pas trouvé leur livre au Relay de la gare de Perpignan. Malgré ma déception existentielle, ma brève expérience dans l'édition m'a procuré quelques joies : découvrir quelques auteurs (Lola Lafon, Simon Liberati, Pierre Mérot), en importer d'autres (Guillaume Dustan, Catherine Millet, Fernando Arrabal, Petr Král), organiser quelques fêtes, sauver une revue *(L'Atelier du roman)*, en créer une autre *(Bordel)* et… déambuler au jardin du Luxembourg avec Éric Holder. Je ne me souviens pas précisément de nos conversations mais de sourires complices sous les arbres, de silences parmi les statues, entre les bassins, derrière les cris d'enfants, d'accès d'admiration pour les étudiantes anglaises assises sur des chaises vertes. Éric Holder est mort en 2019. Ma chance de le rencontrer m'a fait comprendre pourquoi certains hommes ont pu sacrifier leur vie à éditer les autres. Ici passe un ange qui perd quelques plumes sur Paul Otchakovsky-Laurens et Bernard de Fallois.

Le dernier roman de la vie d'Éric Holder est un hommage aux bibliophiles discrets, aux ermites submergés de littérature qui se cachent au fond des bois. Son héros, Antoine, tient une boutique de bouquins d'occasion dans le Médoc où personne n'entre jamais… sauf une cliente insomniaque, Lorraine. Encore une rencontre improbable. Tous les livres de Holder esquissent des silhouettes de filles renversantes : « On voit son sang circuler sous sa peau, lorsqu'elle est émue par un idiot » (page 17). Il est sûrement notre meilleur aquarelliste de personnages féminins, depuis *La Belle Jardinière* (prix Novembre 1994) à *Mademoiselle Chambon* (1996) en passant par *La Correspondante* (2000). Son imaginaire est peuplé de femmes merveilleusement problématiques qui secouent l'existence de narrateurs fragiles : Éric Holder, c'est l'anti-Weinstein. Il y a toujours une dame étrange pour violer sa solitude et l'empêcher de dormir. Sa presqu'île ressemble au comté de Yoknapatawpha (cher à Faulkner) : entre la mer et le fleuve, on se laisse voguer sur la vigne et les vieux romans parfumés au feu de bois d'acacia. Antoine se fait voler *Daimler s'en va* de Frédéric Berthet, car certains kleptomanes ont un goût très sûr. Ce libraire-ermite qui enveloppe ses bouquins de papier cristal, c'est lui, Holder, dont l'écriture fait scintiller les mots, comme si chacune de ses pages était un cadeau de Noël.

Numéro 13

Automoribundia
de Ramón Gómez de la Serna (1948)

Il m'arrive rarement de tomber aussi passionnément amoureux d'un livre. Cet amour est si profond que je sais déjà que je relirai *Automoribundia* dans cinq, dix et quinze ans, mais aussi dans cinq, dix et quinze minutes, et que je ne cesserai de le parcourir jusqu'à ma mort. L'« automoribond » n'est pas seulement Ramón Gómez de la Serna, c'est vous et moi, c'est l'humaine condition : nous sommes des moribonds ambulants, mieux vaut l'admettre avec joie plutôt que de se pourrir la vie à vouloir échapper à notre « moribonditude ». J'aime tellement cet homme qu'il m'a donné envie d'apprendre l'espagnol pour le lire en VO.

Ramón est le Cervantès du XXe siècle, et son *Automoribundia* un fatras de génie, un distributeur de virtuosité, un livre-monstre comme les *Essais* de Montaigne : mille pages de vie, de souvenirs, de révolte, de poésie, de misère et d'orgueil. Il est difficile de croire qu'on a dû attendre soixante-douze ans pour traduire en France un livre aussi important que *Le Livre de l'intranquillité* de Pessoa. Et il n'est toujours pas traduit en Allemagne, ni en Angleterre, ni en Italie ! Une honte ! Quand vous ouvrirez ce chef-d'œuvre, votre vie va changer. Je vous assure que je ne survends pas la chose. Il y a tout à piocher dans cet énorme carnet autobiographique.

Ramón Gómez de la Serna (1888-1963) est un hurluberlu surdoué, un noceur espagnol qui a connu la gloire il y a cent ans en inventant les *greguerías*, sortes d'aphorismes métaphoriques que Valery Larbaud traduisait par « criailleries ». (Exemple : « Le torticolis du pendu est incurable » ou « Les continents sont des nuages de pierre » ou « On dirait que le *L* balance un coup de pied à la lettre qui le suit ».) Il a publié son premier livre à seize ans, donné des conférences assis sur un trapèze de cirque ou juché sur un éléphant, n'écrivait qu'à l'encre rouge. Un soir, il vola un bec de gaz pour le rapporter chez lui et avoir l'impression d'être toujours dans la rue. Dans les années 1910 et 1920, il régnait sur l'avant-garde madrilène du *Café Pombo* tous les samedis de vingt-deux heures à cinq heures du matin. Exilé à Buenos Aires de 1936 à sa mort, il mute en inventeur revenu de ses inventions. Il sait que ces « mémoires d'un moribond » sont le livre de la dernière chance. Il l'a écrit en 1948, à soixante ans, avec rien à perdre, à part tout. Pas une page de ce livre ne contient une seule banalité. Publier ce pavé en octobre 2020 fut humiliant pour tous les auteurs français, déjà brisés par la fermeture des bars. C'est un déluge d'intelligence, de chagrin, de lucidité et de verve. Quand un homme se livre, il devient un livre.

Tandis que je tournais, avec avidité, les pages de cette vie inouïe, j'ai reçu par la poste le nouveau récit de Manuel Vilas : *Alegría*. Je me suis mis à les feuilleter en alternance : un peu de Ramón au petit déjeuner, un peu de Manuel pour le goûter, et bientôt les deux Espagnols m'ont ensorcelé. J'ai ressenti une gratitude infinie envers leur liberté. Je ne voudrais pas généraliser hâtivement... mais tout de même, il me semble que les écrivains espagnols ont une plus grande liberté, une capacité à s'extraire de la structure narrative classique, que nous les écrivains français. Ils descendent de Cervantès, le bordélique inventeur du roman moderne : le désordre ne les dérange pas, au contraire. Gómez de la Serna et Vilas ont ceci en commun : ils n'inventent rien, mais en racontant leur vie par digressions, chemins de traverse, délires sincères et souvenirs mythomanes, ils restituent ce qu'est la vie dans toute sa richesse. Un immense, merveilleux et malheureux chemin parsemé d'embûches, d'incompréhension, de solitude et d'orgueil. Un torrent d'émotion. Je les envie, moi qui persiste à faire des plans laborieux, y compris pour mes entrées dans ce classement.

Numéro 12

Voyage autour de ma chambre de Xavier de Maistre (1795)

C'est le chef-d'œuvre du confinement, un bijou de style, un merveilleux éloge de la réclusion. *Voyage autour de ma chambre* fut rédigé par Xavier de Maistre à l'âge de vingt-sept ans. Il est alors enfermé dans la citadelle de Turin après un duel avec un officier piémontais nommé Patono de Meiran, et décide d'explorer chaque recoin de sa prison dorée. C'est son frère aîné Joseph de Maistre, philosophe nettement moins frivole, qui a fait publier ce texte en 1795. Pendant quarante-deux jours, qui donnent quarante-deux chapitres, Xavier de Maistre cherche à nous démontrer ce que savent tous les moines trappistes : l'immobilité forcée libère l'âme. Il faut dire que sa chambre est plus luxueuse qu'une cellule de la prison de la Santé. Il scrute chaque détail du portrait de Mme de Hautcastel au mur, savoure le confort de son lit douillet, se vautre dans son fauteuil, entretient son feu de cheminée, dialogue avec son valet Joannetti et caresse sa chienne Rosine.

Mais surtout, il a une bibliothèque, qui lui permet de s'évader plus loin qu'en montgolfière (Maistre fut un des premiers à s'envoler en ballon dix ans plus tôt, dans sa Savoie natale). Ces rêveries du confiné solitaire sont un délice d'hédonisme frugal : il passe ses nuits à sortir de l'isolement par le rêve et ses journées à observer son visage dans le miroir, et son âme dans le plafond. Le sieur de Maistre invente l'humour cloîtré et la mémoire claustrophile. Moins on bouge, mieux l'on se souvient. Cet aristocrate raffiné et métaphysicien improvisé écrit dans une langue superbe un traité de l'orgueil humain, de la supériorité de l'intelligence sur l'ennui. Pour tenir leurs journaux de confinement, certains auteurs contemporains auraient dû s'inspirer de ce classique plutôt que des *Précieuses ridicules*.

Voyage autour de ma chambre était un des livres préférés de Proust, lui-même grand adepte de l'écriture entre quatre murs tapissés de liège. Maistre a initié un mouvement littéraire qui domine aujourd'hui le roman contemporain : celui de l'introspection digressive, du monologue intérieur, de l'autopsychanalyse. Il mélange adroitement Sterne et Constant, Diderot et Montaigne. Lire *Voyage autour de ma chambre* est un plaisir décuplé en ce moment de quarantaine globalisée : au moment où j'ai écrit ce texte, il y avait sur Terre trois milliards de Xavier de Maistre. Une fois libéré, le duelliste reclus regretta toute sa vie cette période de séquestration qui lui avait permis de goûter chaque minute comme un grain de caviar. Il est fort possible qu'une nostalgie du confinement nous saisisse aussi quelques mois après notre libération, lorsque nous aurons repris le rythme frénétique des joyeux émetteurs de dioxyde de carbone.

Numéro 11

Les Carnets du sous-sol de Fiodor Dostoïevski (1864)

Et voici la suite de notre série consacrée aux classiques du confinement en littérature : à la onzième place, le chef-d'œuvre claustrophobe de Dostoïevski.

« Ma chambre est moche, elle est sale, elle est au bout de la ville. » C'est un monologue d'une radicalité absolue, la péroraison d'un « homme repoussoir » qui vit dans un souterrain et déteste le monde entier.

Précipitez-vous sur *Les Carnets du sous-sol* pour admirer l'aigreur délirante de l'assesseur de collège démissionnaire qui refuse de sortir de sa cave. Quel défouloir jouissif nous offre le maître du roman russe ! Je l'ai lu avec un sentiment de délectation décuplé par le grotesque de ma situation d'assigné à résidence secondaire, encouragé par le paternalisme d'État et la trouille obligatoire ravageant l'économie planétaire. Pour mieux déguster chaque phrase de cette logorrhée ultraviolente, je vous recommande de la lire enfermé dans un placard. L'auteur de *Crime et Châtiment* et des

Frères Karamazov a publié cette diatribe en 1864, soit environ un siècle après le *Voyage autour de ma chambre* de Xavier de Maistre. En a-t-il eu connaissance ? Ce n'est pas impossible. Mais le ton de son antihéros cloîtré est rigoureusement à l'opposé de la légèreté aristocratique de Xavier de Maistre. Il est plus proche de l'*Oblomov* de son ami Ivan Gontcharov, publié six ans plus tôt dans la même ville de Saint-Pétersbourg. Comme Oblomov l'oisif ultime, « l'être souterrain » est frustré et fier de l'être. Il se réfugie dans l'agoraphobie par dépit amoureux et lucidité lâche. La réalité externe ne lui a offert que déceptions et médiocrité. Nous qui tournons en rond dans nos domiciles, Dostoïevski nous rassure : selon lui, le refus de sortir de chez soi est la preuve de notre grandeur. « La fin des fins messieurs, est de ne rien faire du tout. L'inertie contemplative est préférable à quoi que ce soit. » « Ni héros, ni insecte », notre fonctionnaire confiné est un snob et un raté, un atrabilaire et un paresseux. Il vitupère l'activité des hommes comme gage de leur stupidité. « Un homme d'action est une créature nécessairement limitée. [...] Il se peut que l'homme normal doive être bête. » Il est malade du foie et ne se soigne pas. Avec tout ce qu'on bouffe et boit dans nos maisons, nous pouvons nous identifier fortement à ce misanthrope hépatique. L'ironie suprême serait de vaincre le coronavirus pour crever juste après d'une indigestion. Merci à Fiodor Dostoïevski de transformer notre séquestration pitoyable en leçon d'intelligence. Enfin, argument ultime pour vous convaincre : c'est de loin son livre le plus court !

Numéro 10

Nouvelles complètes de Philip K. Dick (1947-1981)

L'entrée de Philip Kindred Dick dans la collection « Quarto » chez Gallimard fut une consécration pour la littérature de science-fiction, qui est de la littérature tout court. Toute sa vie, Dick a essayé de publier des romans classiques dont les éditeurs ne voulaient pas. Ces derniers avaient raison : Dick est plus littéraire quand il ne le sait pas. Les nouvelles de cet olibrius californien ont inspiré les meilleurs films du genre : *Total Recall* en 1990, *The Truman Show* en 1998, *Minority Report* en 2002, *Take Shelter* en 2011 (*Blade Runner* n'est pas adapté d'une nouvelle mais d'un de ses romans, *Les androïdes rêvent-ils de moutons électriques ?*, publié en 1966). Si seulement ce n'était que du cinéma. Ce misanthrope rendu paranoïaque par les amphétamines a deviné le XXIe siècle comme aucun autre romancier. À côté, Orwell est un gentil utopiste, et Madame Soleil a besoin d'autobronzant. Dick a imaginé Internet, la réalité virtuelle, les mutations génétiques, la surveillance portative, les avatars et hologrammes, la guerre comme jeu vidéo, les machines intelligentes, les implants neuronaux, les réseaux sociaux et la police numérique. Il est le spécialiste de la dystopie et de l'uchronie. Bien avant Donald Trump, il était le roi des faits alternatifs. Sa réalité est plurielle. Il a imaginé mieux que les *fake news* : la *fake life*. Toute l'œuvre de Dick est consacrée à ce qu'il appelle la « réalité orthogonale » et les « mondes parallèles ».

Or, qu'est devenue notre existence ? Une vie virtuelle. Nous sommes maintenant tous des personnages d'une nouvelle de Philip K. Dick. Enfermés dans nos appartements à cause d'une pandémie mondiale, nous sommes des schizophrènes rivés devant des écrans tactiles qui nous observent autant que nous les observons. Il suffisait en 2020 de regarder par la fenêtre de nos prisons pour constater que Dick ne s'est pas trompé : les rues étaient vides, les librairies fermées, les rassemblements interdits ; des drones vrombissants nous ordonnaient de rester chez nous.

S'il vivait encore, Dick aurait quatre-vingt-douze ans et passerait ses journées à répéter : « Je vous l'avais bien dit. » Même le prix Goncourt a été décerné en 2020 à un roman 100 % dickien : *L'Anomalie* d'Hervé Le Tellier, dont les personnages se dédoublent. Les chefs-d'œuvre de Dick sont ses romans : *Le Maître du Haut Château* (1962), *Ubik* (1969) et *Substance Mort* (1977). Mais si l'on n'a pas le temps ni le goût de lire de longs textes chaotiques, ses cent vingt nouvelles permettent d'accéder à son univers. Elles sont plus simples, accessibles, toujours surprenantes, avec des chutes efficaces. Moralité : le complotisme est un crétinisme politique, mais quand on est romancier, la paranoïa est une qualité à encourager vivement.

Numéro 9

Rien n'est vrai que le beau d'Oscar Wilde (1887-1897)

Si la Pléiade est une vieille mais rutilante Bentley, alors « Quarto » est un SUV *(sport utility vehicle)*. Plus aérée, plus spacieuse et moins onéreuse, la collection proposait au mois de mai 2019 de faire le point sur la prose romanesque du grand Oscar Wilde. Bien qu'inégal (les « contes parlés » ne sont pas tous du même niveau), le bilan est étourdissant. Si aujourd'hui la presse littéraire surévalue certains auteurs uniquement parce qu'ils sont homosexuels, c'est – inconsciemment – pour compenser l'ignoble injustice qui a été faite à l'auteur du *Portrait de Dorian Gray*. Rarement écrivain a été autant vilipendé, conspué, humilié, emprisonné, torturé, insulté et méprisé par ses contemporains, alors que son génie éclate à chaque page de ce recueil.

« Les femmes sont faites pour être aimées, non pour être comprises » (*Le Sphinx sans secret*, 1887). « Cette fleur est si belle que je suis certain qu'elle possède un interminable nom latin » (*Le Prince heureux et autres contes*, 1888). « Il n'est pas si laid, au bout du compte, pourvu qu'on prenne l'élémentaire précaution de fermer les yeux et de ne pas le regarder » (*Une maison de grenades*, 1891). « Le péché est la seule note de couleur vive qui subsiste dans le monde moderne » (*Le Portrait de Dorian Gray*, 1891). « Mon papier mural et moi nous nous livrons un duel à mort. Il faut que l'un de nous s'en aille » (propos tenus à Claire de Pratz le 29 octobre 1900, un mois avant sa mort à l'hôtel d'Alsace, rue des Beaux-Arts, Paris 6e).

Comment un même homme a-t-il pu être le plus drôle d'Angleterre et rédiger la lettre d'amour la plus triste de l'histoire de la littérature britannique (*De profundis*, 1897) ? Le destin de Wilde est évidemment christique et il le savait. Toutes ses fictions annonçaient son sacrifice humain. Lors de son procès inique, il osa déclamer la phrase qui peut encore nous sauver aujourd'hui : « Il n'existe pas de livres moraux ou immoraux, les livres sont seulement bien écrits ou mal écrits. » Quand on veut faire de sa vie une œuvre d'art, le sommet de l'esthétique est d'imiter Jésus. La société des hommes crucifie toujours ce qui la dépasse pour, ensuite, se prosterner et demander pardon. Ne serait-il pas, un jour, préférable de pardonner aux génies de leur vivant ? Il est sain et naturel que les grands écrivains se prennent pour Dieu. Quoi qu'il en soit, Oscar Wilde a gagné son pari. Comme Dorian Gray, il est un jeune homme éternel, mort à quarante-six ans. Ne jamais oublier cette réalité : les génies anciens sont infiniment plus jeunes que nous. Et plus le temps passe, plus ils rajeunissent.

Numéro 8

Nouvelles et récits et *Romans* de Franz Kafka

Amusons-nous en regardant se tortiller Jean-Pierre Lefebvre sur le sol de son bureau tel Gregor Samsa dans *La Métamorphose*. Sa tâche n'était pas aisée : désobéir à Alexandre Vialatte tout en respectant son travail de passeur. On sent la gratitude perfide du disciple qui n'a pas eu le choix. Il fallait se coltiner jusqu'au bout son boulot de Judas. Le résultat est superbe, cette réécriture était indispensable. Certes, Vialatte le ténébreux a révélé Franz Kafka aux Français, mais il prenait pour argent comptant les coupes de Max Brod dans *Le Procès* et *Le Château*. Cherchant à rendre ces romans posthumes plus accessibles, l'ami de Kafka s'est octroyé quelques libertés avec les manuscrits inachevés qu'il a refusé de brûler… Aujourd'hui, nous sommes face à une édition provisoirement définitive des œuvres publiées par Kafka de son vivant (une minorité) et de celles sauvées par Max Brod (la majorité). C'est un choc extraordinaire, une leçon de folie.

Après la mort de Dieu, les nouvelles de Kafka brossent un portrait assez clair de notre situation : la « maladie humaine » détruit tout sur son passage. Le siècle qui suit celui du petit assureur tuberculeux est encore pire. C'est chacun pour soi, la panique règne, plus rien ne rime à rien, l'homme se suicide en chœur sur fond de pollution globale. Il faut imaginer ce gringalet en costume étriqué dans sa thurne praguoise en train de révolutionner la littérature en fantasmant notre apocalypse tragi-comique. Qu'est-ce que la littérature ? Un gag qui paraît sérieux, un individu sinistre qui invente des personnages broyés les uns après les autres, un cauchemar rédigé en allemand par un juif tchèque.

Né en 1883 et mort en 1924 (à quarante et un ans), Franz Kafka ne verra pas l'extermination de ses petites sœurs en 1942-1943 à Chelmno et Auschwitz. Mais il a senti la montée de la tuerie la plus froide de l'histoire. Le jeune homme éternel a vu la haine se rapprocher de son quartier. Il tousse du sang en écrivant ses contes macabres : le roman est « la hache qui brise la mer gelée en nous », un bon livre fait cracher un liquide rouge. Nous n'avons pas eu d'équivalent en France, car nous sommes un peuple trop rationnel, trop cartésien. Lire Kafka est une cure de poésie noire et un plongeon dans les tréfonds de l'âme humaine. Chaque phrase est entièrement originale. La nouvelle édition des œuvres complètes de Kafka dans la Pléiade est une victoire et une défaite. Victoire, car elle nous fixe un nouveau rendez-vous avec ce génie du tremblement. Défaite parce que malgré ses supplications suffocantes, nous n'avons pas su l'écouter à temps. Et à présent, il est trop tard ; le monde est devenu complètement kafkaïen.

Numéro 7

Mémoires de Simone de Beauvoir

On ne naît pas Beauvoir, on le devient. Née et morte à côté de *La Rotonde*, à Montparnasse, Simone de Beauvoir (1908-1986) a conquis sa liberté en racontant son itinéraire d'enfant gâtée : il était une fois une fille de bonne famille qui devint le symbole de la révolte antibourgeoise. Pour son entrée (tardive) dans la Pléiade, les éditions Gallimard ont délibérément choisi d'ignorer ses romans ou son *Deuxième Sexe* (pourtant un immense succès de librairie) pour ne retenir que ses Mémoires et récits autobiographiques. Et c'est une sage décision. La lecture des deux tomes de souvenirs, ainsi que du splendide album de photos commentées par sa fille adoptive, Sylvie Le Bon de Beauvoir, m'a rendu nécrophile. Jeune brune aux yeux très bleus, Simone de Beauvoir ressemblait à Léa Seydoux, avec les mêmes incisives écartées – les dents du bonheur. Sa beauté extrême frappe autant que son intelligence attentive et sa lucidité douce. Je n'ai pas toujours été tendre avec la pythie germanopratine, cataloguée comme un bas-bleu enturbanné. Il était temps que l'auteur des *Mémoires d'un jeune homme dérangé* reconnaisse sa dette.

Le style de Simone de Beauvoir, souvent raillé comme trop scolaire, est tout le contraire : facétieux, sensuel, simple jusqu'au tranchant. Simone de Beauvoir est un paradoxe en jupons : une bourgeoise qui crache sur son milieu, et une grande féministe amoureuse des hommes (Sartre, Algren, Bost, Lanzmann), mais aussi une lesbienne assumée. Son chef-d'œuvre *(Mémoires d'une jeune fille rangée)* décrit une enfant sage décoincée par une camarade du Cours Desir, rue Jacob : Élisabeth Lacoin, dite Zaza, fantasque et virevoltante. La libération de Beauvoir résulte peut-être de cette fascination tragique dans son enfance (Zaza est morte à vingt et un ans). Avant d'être existentialiste, Simone fut zazaïste. Elle aimait le jazz, le cinéma, et quelle descente de whisky ! Elle en buvait plus que Sagan. *La Force des choses* est passionnant : c'est la guerre vue du *Dôme* et du *Flore*. *Une mort très douce* (1964) est une déclaration de haine irrémédiable à la finitude. Enfin, elle offre une réplique définitive aux incultes qui reprochent aux écrivains français leur égocentrisme : « Si un individu s'expose avec sincérité, tout le monde, plus ou moins, se trouve en jeu. » Je le dis haut et fort : après Simone Veil, il faut faire entrer l'autre Simone au Panthéon. Mais il faudrait pour cela la déterrer du cimetière Montparnasse, et séparer le Castor de la Hyène dactylographe… ce que personne, pas même la mort, n'a réussi à faire.

Numéro 6

Romans et nouvelles de Joris-Karl Huysmans (1876-1891)

On se souvient que François, le narrateur de *Soumission* de Houellebecq, travaillait sur l'édition des œuvres de Huysmans dans la Pléiade, avant de se convertir à l'islam pour pouvoir pratiquer la polygamie. Or voici que Huysmans entre dans la Pléiade, et l'on découvre que François s'appelle en réalité… Pierre Jourde ! Gageons que l'auteur du *Maréchal absolu* ne se soumettra pas aussi rapidement que son prédécesseur de fiction.

Passons maintenant à notre hobby favori : critiquer les choix de la Pléiade ; il s'agit d'une preuve d'amour. La compilation de *Romans et nouvelles* de Huysmans a oublié *La Cathédrale* (1898) et *L'Oblat* (1903), qui forment pourtant les tomes 3 et 4 de la tétralogie de Durtal. C'est un peu comme si *Le Quatuor d'Alexandrie* devenait *Le Diptyque d'Alexandrie*. Dieu merci, Paul Valéry n'est plus là, lui qui « admir[ait] infiniment » *La Cathédrale*… ce « prodigieux volume d'érudition ».

Ne nous plaignons pas : presque toutes les fictions du maître du décadentisme restent présentes, de *Marthe* (1876), l'histoire d'une prostituée, à *En route* (1895), où Durtal entre au monastère, en passant par *En ménage* (1881), *À vau-l'eau* (1882), *À rebours* (1884), *En rade* (1887) et *Là-bas* (1891), car Huysmans aimait les titres en deux mots. La préface d'André Guyaux et Pierre Jourde rappelle que tous les romans de Huysmans racontent la quête d'un célibataire : c'est le grand écrivain de la solitude.

Folantin dans *À vau-l'eau* cherche un bon restaurant, André Jayant dans *En ménage* ne trouve pas la bonne épouse, des Esseintes dans *À rebours* dresse le catalogue de ses névroses, et Durtal dans *Là-bas* celui de ses dégoûts. Huysmans se répétait comme Modiano : la cohérence n'est pas un défaut. L'aventure littéraire de Huysmans, au départ groupie d'Émile Zola, a consisté à évoluer du naturalisme au mysticisme, en passant par la décadence. Un pécheur qui cherche la sainteté avant de mourir : Joris-Karl a copié son destin sur celui de Dostoïevski. Dans le doute, Dieu est un investissement qui pourrait bien être éternellement amorti. Passer du bordel à la Trappe est logique, à condition de se confesser auparavant. On ne serait pas surpris qu'Emma Becker s'inscrive bientôt à l'ordre cistercien de la Stricte Observance. Le décadent Huysmans a inventé le héros de roman du XXe siècle : un égoïste abandonné qui se prosterne. Son influence sur le XXIe siècle ne fait que commencer.

Attardons-nous sur *À rebours*, le roman le plus célèbre de Huysmans. Le duc Jean Floressas des

Esseintes, trente ans, choisit de quitter la haute société parisienne pour s'enfermer dans sa maison de Fontenay-aux-Roses. Il devient l'ermite le plus sophistiqué de l'histoire littéraire, jusqu'à influencer Oscar Wilde, qui lui rendit hommage dans *Le Portrait de Dorian Gray*. Cet esseulé volontaire se gave de dîners de couleur noire, s'abreuve de cocktails mixés avec un « orgue à bouche », caresse les grimoires latins et grecs de sa bibliothèque, s'entoure de peintures morbides et de bibelots précieux, bref, il jouit du raffinement le plus misanthrope comme un esthète hypocondriaque, jusqu'à la folie : il promène dans son salon orange et bleu une tortue dont la carapace est incrustée de rubis (la pauvre bestiole finit par en mourir), il cultive un jardin de plantes carnivores et fantasme sur une prostituée ventriloque. Des Esseintes aurait détesté le coronavirus, qui a démocratisé le cloisonnement. Sa réclusion est en effet un snobisme : il s'enferme parce qu'il méprise le reste de l'humanité, la vulgarité de la masse, la laideur bourgeoise et « l'incessant déluge de la sottise humaine ». Si les deux tiers de la planète l'imitent, il devient banal : quelle humiliation ! La célèbre phrase de Barbey d'Aurevilly sur *À rebours* indique le chemin que Huysmans prendra par la suite : « Après un tel livre, il ne reste plus à l'auteur qu'à choisir entre la bouche d'un pistolet ou les pieds de la Croix. » Pour soigner son désespoir, Huysmans fit le choix du monastère. Où irait des Esseintes en 2021 ? Un retour à l'hyperconsommation serait la poursuite du suicide collectif, mais il n'y aura pas assez de cellules à la Trappe pour accueillir tous les néodécadents. La réclusion campagnarde constitue donc un havre intermédiaire. Quitter les agglomérations répugnantes pour des thébaïdes bucoliques est peut-être l'utopie des héritiers de Huysmans (ici, vous devinez que je prêche pour ma paroisse). Pourvu qu'on puisse toujours y lire Baudelaire, Verlaine et *Salammbô* de Flaubert en peignoir de soie, un verre de philtre à la main, l'échappée champêtre semble le compromis idéal pour sauver son âme au XXIe siècle. Le dandy du futur est donc un hybride de baba cool élevant des moutons dans le Larzac et du Big Lebowski paressant en tongs de surfeur californien. Cumulons les tares : on n'est pas obligé de choisir entre la clandestinité survivaliste de J. D. Salinger et l'autosuffisance du bobo néorural cultivant ses fraises. Certes, nous voilà bien loin de la pose sulfureuse du grand cloîtré décadent de 1884. Mais les temps ayant changé, l'apocalypse aussi.

NUMÉRO 5

Tendre est la nuit
de Francis Scott Fitzgerald (1934)

Chef-d'œuvre de mélancolie, cette histoire d'un couple détruit par l'alcool et la dépression fut logiquement un bide commercial à sa publication en 1934. L'auteur, un fêtard new-yorkais de trente-huit ans ayant passé les années 1920 à picoler avec son épouse à Paris et à l'hôtel *Belles Rives* de Juan-les-Pins, tente d'y transformer sa vie en fiction. Mais entretemps la crise de 1929 a démodé les noceurs. Dans les années 1930 aussi, on distinguait le monde d'avant et le monde d'après. Dick Diver est un psychiatre américain marié à une folle prénommée Nicole. Sur la Côte d'Azur, une comédienne tombe amoureuse de lui : Rosemary Hoyt, dix-huit ans. Nicole, de son côté, couche avec Tom Barban, un militaire. Ils finissent tous au bout du rouleau. Ce marivaudage est somptueusement sinistre ; dans ce remake de *Madame Bovary* ou d'*Anna Karénine*, tous les personnages souffrent dans des robes légères, sur fond de crépuscule mauve, au bord de la Méditerranée. *Tendre est la nuit* est habilement construit autour d'un flash-back qui donne toute son ironie au titre inspiré de Keats. Rien n'est tendre dans cette tragédie : la décomposition du mariage semble irrémédiable, comme une malédiction. Le psychiatre ne parviendra jamais à guérir sa femme de sa schizophrénie – Fitzgerald non plus. Ce romancier fêlé est une sorte de Drieu la Rochelle américain, avec la même fascination pour les femmes riches. Mais les limousines ne font pas le bonheur, et la solution au désespoir ne peut pas être uniquement de boire du gin dans des palaces. Il y a deux sortes de fanatiques de Fitzgerald : les gatsbistes et les diveristes. Ceux qui préfèrent Gatsby privilégient le glamour, le chagrin élégant et la côte est américaine. Ceux qui choisissent les époux Diver préfèrent la Riviera et savent que l'amour n'existe pas dans le présent : il n'y a que le désir (l'amour futur) et la nostalgie (l'amour passé). Le destin tragique de Fitzgerald – mort à quarante-quatre ans – et de Zelda – morte à quarante-huit ans – était scellé dès ce conte noir pour enfants tristes, prétendument inspiré par la vie de Gerald et Sara Murphy (dédicataires du roman), mais en réalité complètement autobiographique. Fitzgerald y a distillé la petite musique la plus belle du monde : le pessimisme de la frivolité. Cette grâce déchue fait de *Tendre est la nuit* le dernier roman entièrement romantique du XXe siècle.

Numéro 4

La Montagne magique de Thomas Mann (1924)

Le plus préoccupant, quand on relit *La Montagne magique* en 2021, c'est que l'enfermement de Hans Castorp au sanatorium Berghof de Davos précède la Grande Guerre. Devons-nous en déduire qu'après notre vaccination contre la Covid-19, un cataclysme plus tragique encore nous attend ? Le jeune héros de Thomas Mann rend visite à son cousin Joachim « à seize cents mètres au-dessus du niveau de la mer » : il devait y rester trois semaines, il restera sept ans, jusqu'à la guerre de 1914. Le roman, publié en 1924, utilise un procédé très efficace : décrire une action passée avec tout ce que l'auteur connaît du futur. L'auteur jouit ainsi d'une étrange forme de supériorité sur ses personnages, car il sait ce qu'ils ignorent : le malheur qui les guette.

Mann le souligne dès son introduction : cette histoire « est beaucoup plus âgée que son âge ». Le lecteur d'aujourd'hui, un siècle après la parution du livre, est doublement omniscient : il en sait davantage que l'auteur sur ce qui va suivre. Nous lisons *La Montagne magique* comme Jack Torrance, dans *Shining*, contemple les photos jaunies de futurs cadavres en smoking. Les pensionnaires du sanatorium fuient la pneumonie dans des conversations mondaines, politiques ou intelligentes. Il fait froid ; ils toussent beaucoup et meurent souvent. Cela n'empêchera pas Hans de tomber amoureux d'une belle Russe, Clawdia. Le monde extérieur continue de tourner, mais ses vibrations semblent assourdies. Certes, le luxe de l'établissement de cure suisse (on y boit du Gruaud Larose) n'a rien à voir avec le stress technologique des services de réanimation actuels. Pourtant, cette ambiance ouatée inspire l'étrange sentiment que nous connaissons bien depuis mars 2020 : la séquestration est créatrice de désespoir, d'inconnu, de profondeur, de vérité. Nous sommes face à nous-mêmes dans cette retraite imposée. Bordel, qui suis-je devant le néant ? Quel est mon avenir dans cette époque incompréhensible ? Que faire si même ma boulangère porte un masque ? Que deviendra l'Europe si toutes les discothèques d'Ibiza restent fermées ? Le jeune homme de Davos prendra un coup de vieux définitif et sortira grandi de sa réclusion dans la pureté du ciel. Nous sommes tous Hans Castorp, en retrait d'un monde contaminé, impuissants à arrêter les drames qui s'y jouent, protégés provisoirement d'une mort certaine.

Sommes-nous des lâches terrés dans la montagne, ou des condamnés qui s'ignorent ? Comme dit Joachim : « On change de conceptions, ici. [...] Il n'y a pas de temps et il n'y a pas de vie. [...] Je stagne ici comme dans une mare pourrie. » Un excellent résumé de l'année 2020.

Numéro 3

Le Malade imaginaire de Molière (1673)

Molière aurait beaucoup rigolé en voyant les médecins de 2020 prendre le pouvoir en France comme sous Louis XIV. *Le Malade imaginaire* est la dernière pièce de Molière. Il est mort en interprétant le rôle d'Argan, l'homme qui aime être soigné toute la journée. Molière jouait si bien l'hypocondriaque qu'il tomba malade pour de vrai. Il n'est pas mort du coronavirus, mais c'est tout comme : à l'époque on disait « fluxion de poitrine ». Dans un des *running gags* de la pièce, Toinette attribue toutes les maladies d'Argan au poumon, ce qui fait du *Malade imaginaire* un reportage réaliste, et de cette comédie une autobiographie. À n'en point douter, Molière serait aujourd'hui mort de rire en regardant les chaînes d'information en continu. Se moquer des médecins a été son occupation favorite durant toute sa carrière. Il leur a consacré cinq pièces : *Le Médecin volant*, *L'Amour médecin*, *Le Médecin malgré lui*, *Monsieur de Pourceaugnac* et *Le Malade imaginaire*. Molière considérait les médecins comme des menteurs, des escrocs, des mythomanes à jargon fumeux qui s'enrichissent grâce à la peur de la mort.

Heureusement, les choses ont bien changé. Les incompétents prétentieux n'existent plus dans cette noble profession. Il est évident que le docteur Knock de Jules Romains ne passerait pas à la télévision aujourd'hui : nous ne faisons plus du tout une confiance aveugle en des charlatans. Les intubations ont remplacé les lavements : indéniable progrès. Trois cent cinquante ans après sa création, *Le Malade imaginaire* n'a rien à voir avec les cinq milliards de Terriens confinés par trouille d'un virus chinois. Aucune ressemblance non plus avec l'obéissance tremblante de tous les politiciens du monde à la tyrannie des Diafoirus de toutes universités, ni bien sûr avec la folie globale des êtres humains face à leur finitude inadmissible.

Heureusement que des phrases comme : « J'aimerais mieux mourir de ses remèdes que de guérir de ceux d'un autre » (dans *Monsieur de Pourceaugnac*) sont désormais obsolètes. Jamais un grand ponte du comité de médecine nationale ne prononcerait les inepties de Sganarelle dans *Le Médecin malgré lui* : « Il se trouve que le poumon que nous appelons en latin *armyan*, ayant communication avec le cerveau, que nous nommons en grec *nasmus*, par le moyen de la veine cave, que nous appelons en hébreu *cubile*, rencontre en son chemin lesdites vapeurs qui remplissent les ventricules de l'omoplate… », ni ne fluctuerait comme monsieur Diafoirus dans *Le Malade imaginaire*.

Le monde progresse, la génétique rassure, la biochimie prolonge, et toute critique de la science est une honte que nous désapprouvons dans cet essai littéraire feuilleté abondamment, du moins nous l'espérons, dans les salles d'attente de grands professionnels.

NUMÉRO 2

La Lenteur de Milan Kundera (1995)

J'ai choisi de m'intéresser ici à *La Lenteur* (1995) pour deux raisons : d'abord parce que c'est le premier roman de Kundera écrit directement en français, ensuite parce que c'est un des plus courts. Or je suis français et paresseux. Tous mes romans préférés sont brefs : *Gatsby le Magnifique*, *Bonjour tristesse*, *Adolphe*, *L'Attrape-cœurs*... cent cinquante pages maximum. *La Lenteur* en fait cent soixante avec beaucoup de blancs. L'auteur affirme lui-même que c'est son roman le plus léger : voilà qui ne pouvait que me faire baver de désir et trépigner de joie. Je parie que si Kundera ne l'a pas intitulé *La Légèreté*, c'est parce qu'il avait déjà employé ce mot dans son titre le plus célèbre. Je dois confesser une allergie aux romans lourds, au sens propre (selon moi, le poids d'un livre ne devrait jamais excéder cent grammes et je suis assez fier que cet essai ne compte que 186 pages) comme au sens figuré (je me méfie comme de la peste des romans dont les gens parlent en fronçant les sourcils).

La Lenteur commence par une remarque sur la vitesse dangereuse des conducteurs automobiles sur les routes, puis cite *Point de lendemain* de Vivant Denon et sa fameuse scène du carrosse, où la sensualité entre l'homme et la femme est décuplée par la lenteur : « Balancés par le mouvement du carrosse, les deux corps se touchent, d'abord à leur insu, puis à leur su, et l'histoire se noue. » On sent que cette phrase n'a pas été écrite par un Français. Aucun auteur français contemporain n'aurait écrit « à leur su » ! Pourtant, c'est grammaticalement parfait et génialement trouvé : « d'abord à leur insu, puis à leur su », on sent presque physiquement, dans cette phrase, les cahots de la voiture à cheval, sur la route qui quitte Paris vers le château de Mme de T., on entend le trot des chevaux, on sent la sueur du désir qui sue dans ce jeu sexy entre l'insu et le su ! Je m'emporte avec mes allitérations sifflantes empruntées à Racine, mais cette étrangeté sémantique revient souvent dans le style du meilleur écrivain franco-tchèque.

Autre exemple : page 302, « la nuit est enlunée », mot qui revient page 304 dans l'édition de la Pléiade : « Je la vois conduire le Chevalier à travers la nuit enlunée », et enfin, page 332 : « Je regarde deux personnes qui se promènent dans le parc du château par une nuit enlunée ». La nuit enlunée ? Quel terme désuet et cependant ultra-sexuel à cet endroit. « Enlunée » évoque d'autres mots bien plus obscènes… or les amants viennent de s'embrasser et se dirigent vers le pavillon du parc… cette lune est limite pornographique ! Plus loin, Kundera aborde carrément la question du trou du cul, surnommé « la neuvième porte » par Guillaume Apollinaire, et développe, dans un morceau de bravoure désopilant, sa métaphore de la lune anale. Il fallait oser employer trois fois ce mot rare, seul un migrant pouvait se le permettre. Voici un étranger venu en France nous traiter d'espèce d'enlunés, pour nous rappeler que la pornographie est indissociable du raffinement, et que seule la mièvrerie est anti-érotique. Pour simplifier, le cul-cul est plus sale que le cul.

Sa réflexion sur *Point de lendemain* permet à Kundera de faire l'éloge de la lenteur en amour. La lenteur rend les choses immortelles. « Il y a un lien secret entre la lenteur et la mémoire, entre la vitesse et l'oubli. » La lenteur est d'emblée décrite comme intelligente et un hédonisme, un plaisir perdu. Ralentir permet de résister à l'amnésie. Suit un chapitre sur le XVIIIe siècle, où il est question des *Liaisons dangereuses* de Choderlos de Laclos (plus loin, il évoquera aussi *La Philosophie dans le boudoir* de Sade). *La Lenteur* est une déclaration d'amour à la littérature française du XVIIIe siècle, mais aussi à la liberté des libertins. Kundera a soixante-cinq ans lorsqu'il l'écrit : c'est bien plus tard pour changer de langue que Nabokov, Ionesco ou Cioran. Quel courage il fallait pour écrire un roman d'amour aussi sensuel dans une langue non natale !

Je n'ai pas lu tous les livres de Kundera, mais ce que je préfère chez lui – c'est aussi valable pour *L'Insoutenable Légèreté de l'être* –, ce sont ses débuts de romans. Kundera sait démarrer une histoire avec un entrain inégalé. Ensuite, il s'arrange pour ne pas ennuyer le lecteur parce qu'il refuse de s'emmerder lui-même. Ses chapitres sont courts, il zappe entre ses personnages et des mini-essais sur tout ce qui lui passe par la tête (souvenirs historiques, anecdotes personnelles, livres qu'il a lus, scènes comiques, dialogues de séduction, etc.). Et on avance avec lui dans cette forme nouvelle, qu'il a inventée en s'inspirant de la liberté de Diderot dans *Jacques le Fataliste* (lui-même influencé par *Tristram Shandy* de Laurence Sterne).

Lire un roman de Kundera, c'est lui faire confiance pour nous promener d'un point A à un point B, tout en nous faisant partager sa culture, son humour, sa critique du monde contemporain, une anecdote savoureuse sur une sotte amoureuse de Kissinger, quelques paragraphes sur la prison de la célébrité, des conversations entre savants dans un dîner sinistre, un dissident tchèque que l'on confond avec un Polonais ou un Hongrois… Au fond, ce qui est très agréable avec Kundera et qui est spécialement réussi dans *La Lenteur*, c'est qu'il s'en fout de « construire » son roman comme un bon ébéniste fabrique sa table, et que c'est en se moquant du roman qu'il le sauve, le tend, capte notre attention de girouettes dispersées. Le week-end à la campagne du narrateur avec sa femme Vera dans un château où s'est tenu un colloque d'entomologistes ne constitue qu'un prétexte pour nous faire voyager ailleurs dans le temps et l'espace… dans l'aventure littéraire.

Je me demande si (sans le savoir puisqu'il est antérieur à cette invention) Kundera ne serait pas le premier romancier de l'ère du virtuel, d'Internet et de Wikipédia. Il se disperse pour vous ! Les romans de Kundera ont intégré le zapping contemporain. Il a senti que les lecteurs modernes étaient des schizophrènes alors il leur a fourni des œuvres protéiformes, mi-romans, mi-essais. En toute immodestie, si je n'avais pas lu *La Lenteur*, je n'aurais jamais pu pondre des romans comme *L'amour dure trois ans* ou *99 francs* qui lui ont emprunté ce goût de la digression et du coq-à-l'âne. Souvent, on m'a reproché d'écrire des pamphlets déguisés en romans, je n'ai jamais osé répondre : « C'est la faute à Kundera ! » Voilà qui est fait, je vous prie de m'en excuser. Je ne me compare pas au Maître : je reconnais une dette. Il a ouvert la narration romanesque à toutes sortes de considérations philosophiques, sociologiques, agacements ou amusements qui enrichissent la trame sans jamais l'alourdir. Lire Kundera, c'est comme passer la nuit dans l'appartement d'un copain érudit et passionné qui ne cesse de dire « ah et faut que je te parle de cette folle que j'ai rencontrée la nuit dernière, mais avant, as-tu lu ce bouquin, dis donc ça me fait penser à ce morceau de musique, savais-tu que l'étymologie de ce mot vient de machin-truc, et donc la nana était dans la bagnole et nous roulions sur une petite route quand soudain… tu sais que dans ma langue natale, un accent circonflexe inversé sur le *c* permet de dire "tch" alors que chez vous il faut trois lettres… ? ». Et d'ajouter : « Pour ces signes, nous nous battrons jusqu'à la dernière goutte de notre sang. » C'est un ami nonchalant mais brutal, prêt à mourir pour défendre la légèreté.

Une conversation nocturne avec un camarade cultivé, énergique et drôle, n'est-ce pas là une possible définition de la plus ambitieuse littérature ? La lecture de Milan Kundera est un enchantement qui rend heureux et fait tourner la tête, huile les neurones tout en procurant le bonheur suprême de tout roman réussi : rendre plus intelligent, plus perméable aux émotions. Kundera écrit pour les impatients, les lecteurs las des histoires toutes faites, ses romans ne sont jamais « installés », il cherche les bifurcations et les chemins de traverse. Il y a des points communs entre son écriture et certains films de Woody Allen (*Annie Hall* par exemple, avec ses apartés au spectateur, ses saynètes discontinues et ses invités surprises comme Marshall McLuhan dans une file d'attente de cinéma). J'ai une infinie gratitude envers Kundera pour cette raison : il n'écrit pas, il joue. Ce n'est pas un romancier « professionnel », mais un improvisateur élégant. Kundera a confié à Massimo Rizzante qu'il a écrit *La Lenteur* à toute vitesse. Le livre se lit aussi rapidement qu'il a été rédigé ; c'est la lenteur la plus pressée que je connaisse. Le couple s'installe dans un hôtel et regarde la famine somalienne à la télévision. C'est à ma connaissance une des premières fois qu'un roman se moque du *charity-business*. Ce passage a beaucoup choqué à l'époque… Deux intellos de gauche (un écrivain et un député) rivalisent de compassion, l'un envers les Africains, l'autre avec les malades du sida : *La Lenteur* initie le concept de « judo moral », aujourd'hui baptisé « concurrence victimaire », qui occupera le début du siècle suivant, et dont nous ne sommes pas sortis. Un artiste ne doit pas seulement souffrir et exhiber sa plainte, mais aussi *souffrir plus que le voisin*. Plus loin, il se moque même de la fierté d'un savant tchèque qui se sent supérieur parce qu'il a perdu son boulot à cause des communistes. Puis le narrateur (qui est Milan lui-même, il le précise page 333) définit son projet : écrire « un roman où aucun mot ne serait sérieux ». Le premier devoir d'un ironiste est de se foutre de sa propre gueule. Mais ne pas être sérieux est ce qu'il y a de plus sérieux ! Selon moi, le plus beau dans *La Lenteur* est ce qui n'est pas ironique. C'est quand Vincent drague Julie dans le jardin, comme autrefois les personnages de *Point de lendemain*. C'est là que Kundera touche au vif, quand il s'invite dans son livre et prend la parole dans ce qui est un de mes paragraphes préférés au monde :

« Ils sortent dans le parc, se promènent, s'arrêtent et s'embrassent de nouveau. Puis ils trouvent un banc sur la pelouse et s'assoient. De loin leur parvient le murmure de la rivière. Ils sont transportés, ne sachant par quoi ; moi, je le sais : ils entendent la rivière de Mme de T., la rivière de ses nuits d'amour ; du puits du temps, le siècle des plaisirs envoie à Vincent un salut discret. »

Aujourd'hui, où nous ne savons plus nous désirer, où tout se passe trop vite et trop banalement, où chaque sexe a peur de l'autre et ne sait plus comment l'aimer, il faut relire *La Lenteur* pour entendre ce « salut discret » du « siècle des plaisirs ». Cette parabole libertine est un éloge des préliminaires. Je ne veux pas dévoiler la fin, ni ce qui arrivera à ce pauvre Vincent, car Kundera s'amuse à nous étonner jusqu'au bout comme Vivant Denon, dont la nouvelle s'achève sur ces mots : « Je cherchai bien la morale de toute cette aventure, et... je n'en trouvai point. » *La Lenteur* nous rappelle que l'amour n'a rien à voir avec la morale, et que le plaisir, autrefois, fut un art suprême, un jeu complexe, un délire esthétique artificiel, créé par des Français érotomanes et inspirés. Ce délire de maniaques merveilleux porte un nom : « civilisation », et notre bonheur est introuvable sans lui.

NUMÉRO 1

Le Pur et l'Impur de Colette (1932)

À la quatrième place de ce classement, nous aspirions une gorgée d'air frais en haut de la « Montagne magique » de Thomas Mann. Une belle Russe, Clawdia Chauchat, tient à la fin du chef-d'œuvre allemand des propos hautement provocateurs : « La morale ? Cela t'intéresse ? Eh bien, il nous semble qu'il faudrait chercher la morale non dans la vertu [...] mais plutôt dans le contraire, je veux dire : dans le péché, en s'adonnant au danger, à ce qui est nuisible, à ce qui nous consume. »

Cette déclaration à l'emporte-pièce date de 1924. Un tel refus de l'hygiénisme et de la moraline en vogue m'a donné envie de replonger dans le meilleur livre de Colette (selon elle-même : « On s'apercevra peut-être un jour que c'est là mon meilleur livre. ») : *Le Pur et l'Impur*, ce recueil de portraits décadents publié à partir de mai 1932 en feuilleton dans *Gringoire*. Le texte fit un tel scandale à l'époque que la revue cessa de le publier au bout de quatre épisodes, sous la pression des lecteurs offusqués. À cinquante-neuf ans, la célèbre Colette, naviguant entre le *Claridge*, sur les Champs-Élysées, et sa maison tropézienne, rendait hommage aux dépravés qu'elle fréquenta dans sa jeunesse. Dans ce « livre de [s]on arrière-saison », elle raconte les lesbiennes et les putains, les travelos et les toxicos. Sa mémoire la ramène dans une fumerie d'opium, parmi les débauchés. Il se dégage de ce « voguant souvenir de nuits » une beauté immaculée puisque, depuis Baudelaire, nous savons que « le beau est toujours bizarre ». Colette aime autant les femmes qui simulent que la jalousie qui stimule. Elle est attendrie par les séducteurs misogynes, mais constate que les homos la comprennent mieux que les hétéros. Aujourd'hui que les gouvernants nous obligent à garder nos distances et porter des masques, souvenons-nous que la plus grande féministe de tous les temps louait les plaisirs défendus et se vautrait avec délice dans le stupre et la luxure. Avant la libération sexuelle, on était bien plus libre qu'après. Aux docteurs *feel-good* des années 2020, Colette adresse cette boussole pour nous guider dans notre non-futur : « Regarde ! », comme lui disait sa mère. Le rôle de la littérature n'est pas de distinguer le pur de l'impur, mais de tout REGARDER avec gratitude, de chercher le vrai plutôt que le sain, la liberté plutôt que la morale, et de remercier la nature pour sa beauté, même – et peut-être surtout – quand elle nous abîme. La pureté est une quête impossible. Seule l'impureté est humaine : « Vit-on de tiédeur ? Pas mieux que de vice, et ce dernier n'y perd rien. [...] Le mot "pur" ne m'a pas découvert son sens intelligible.

Je n'en suis qu'à étancher une soif optique de pureté dans les transparences qui l'évoquent, dans les bulles, l'eau massive, et les sites imaginaires retranchés, hors d'atteinte, au sein d'un épais cristal. »

Colette était l'écrivain préféré de ma grand-mère. Entre les deux guerres, on ne disait pas « écrivaine » ; les femmes, qui ne votaient pas, avaient d'autres combats à mener. Colette était extrêmement populaire. Tout le monde la lisait, dans l'autobus, le train ou le métro qui venait d'être construit, il y a un siècle. C'est dire comme la France a changé. Aujourd'hui, le seul auteur à succès équivalent serait Guillaume Musso. Il s'agit d'un désastre stylistique majeur. Les Français lisent désormais une langue diminuée, un tissu de dialogues américanisés et de vocabulaire pauvre. Il ne faut pas confondre pauvreté et simplicité. La qualité d'écriture de tous les livres de Colette en fait une sorte de référence formelle en France. À Georges Simenon, qui fut son stagiaire au *Matin*, elle a transmis son goût pour la simplicité : « Trop littéraire ! Trop de mots rares ! Soyez simple. Surtout, pas de littérature ! » Quel plus beau conseil peut-on donner à un jeune auteur ? Simenon lui a rendu hommage dans son entretien avec Roger Stéphane : « J'ai essayé d'être le plus simple possible. C'est le conseil qui m'a le plus servi dans la vie. Je dois une fière chandelle à Colette de me l'avoir donné. » L'Américain James Salter, peu avant sa mort, me confiait encore son respect infini pour la prose cristalline de Colette dans *La Naissance du jour* : « Ce qu'elle a écrit sur sa maison de Saint-Tropez est indépassable. C'était sa mémoire, et elle nous l'a donnée. »

Ancrer ses propres souvenirs dans ceux de ses lecteurs est une entreprise ardue. Ce n'est pas seulement une question de style, mais aussi de vie. Colette pourrait nous fournir une bonne définition de l'écrivain : c'est un bourgeois qui doit adopter un style de vie non bourgeois. Il faut vivre pour avoir des souvenirs, et ensuite, il faut les écrire pour que les autres s'en souviennent aussi. Proust – que Colette a rencontré plusieurs fois dans le salon de Mme de Caillavet ainsi qu'au *Ritz*, et qui adorait « Chéri » – a mis trois mille pages à expliquer à quel point se souvenir est compliqué, impossible et indispensable. Un écrivain ne peut pas se contenter d'écrire, ce serait trop facile. Il doit vivre beaucoup, vivre mieux et vivre plus que les autres… et tout perdre. Aucune femme contemporaine n'a vécu autant de vies que Colette : mime, romancière, journaliste, publicitaire, strip-teaseuse, épouse, lesbienne sur la scène du *Moulin Rouge*, patronne d'une marque de produits de beauté, yachtwoman tropézienne, critique de théâtre, mère absente, jurée Goncourt et même pédophile incestueuse avec le fils de son mari. La seule femme aussi libre fut Françoise Sagan, mais il faut imaginer une Sagan avec le physique d'Audrey Tautou. Il faut un talent corporel autant qu'un génie du verbe.

Si un romancier vit comme tout le monde, il n'a rien à raconter. L'atelier du roman, c'est la folie de l'existence : les romans naissent dans l'enfance, mûrissent dans l'adolescence, et se vivent ensuite dans des cellules de prison, sur des sofas de bordel, dans les coulisses de théâtres, avec des monstres et des paumés, des alcooliques et des drogués. Et je ne dis pas cela uniquement pour justifier ma vie nocturne. Il est vrai que Colette a bon dos depuis un siècle et demi que les écrivains français s'en servent comme alibi pour vivre sans morale. Même Woody Allen aurait pu s'y référer, quand il a quitté sa femme pour sa fille adoptive.

« Écrire… C'est le regard accroché, hypnotisé par le reflet de la fenêtre dans l'encrier d'argent, la fièvre divine qui monte aux joues, au front, tandis qu'une bienheureuse mort glace sur le papier la main qui écrit. » Colette tenait son style de son premier mari Willy, dont l'un des nègres s'appelait Paul-Jean Toulet. Willy n'a pas seulement exploité Colette (comme on le voit dans le stupide biopic sorti au cinéma avec Keira Knightley dans le rôle d'une Sidonie-Gabrielle rachitique) : il l'a dégoûtée du sirop par ses moqueries.

Quand il lit ses premiers textes, son mari lui lance : « Je ne savais pas, ma chère, que j'avais épousé la dernière des lyriques ! » Vexée, elle commence à tout corriger, couper, élaguer. Sa source d'inspiration est sa mère folle, mais sa discipline vient de Willy, ce mondain paresseux et infidèle. « Pas de littérature ! » est la leçon des *Claudine*. Simultanément, elle invente l'autofiction. Ce fléau du XXIe siècle est la faute à Colette : ce n'est pas moi qui le dis, c'est Serge Doubrovsky (le créateur du mot). Après la série des *Claudine*, elle publie des romans dont elle est l'héroïne, sous son vrai nom, mais où elle arrange la réalité, travestit ce qui la gêne, imagine ce qui va lui arriver. Les seules autofictions tolérables sont celles dont l'auteur est un mythomane qui se croit sincère. Une des phrases les plus graves de sa vie est cet avertissement solennel : « Tout ce qu'on écrit finit par devenir vrai. »

Colette est la première romancière de l'ère médiatique. Elle comprend le rôle clé du scandale, l'importance de se mettre en scène, de poser en photo, avec ou sans vêtements. Son impureté ne l'empêche pas d'écrire avec pureté. Mais elle a compris que l'écriture ne suffit plus : l'image de l'auteur fait partie du boulot. Colette a su tout de suite que dans le match de boxe entre Proust et Sainte-Beuve, Proust avait perdu par K.-O. (D'ailleurs personne ne lit Proust comme il l'aurait voulu, c'est-à-dire sans la moindre référence à sa biographie. Au contraire, tout le monde lit Proust en ne pensant qu'au gringalet asthmatique qui enfonçait des aiguilles à chapeau dans des rats en cage.) L'idée de séparation entre l'œuvre et l'artiste arrangeait Proust, mais aujourd'hui Sainte-Beuve a gagné la bataille.

Le problème de l'autofiction, c'est que plus personne n'écrit comme Colette. Si elle revenait, elle serait horrifiée de lire les auteurs imbus de leur personne qui se réclament de sa descendance. La subjectivité ne suffit pas pour avoir du style : il faut avoir retenu Ronsard, digéré Rimbaud, croisé Guitry, épaté Cocteau, conquis Gide et embrassé Mauriac.

Alors certes, on peut l'estimer trop bucolique, bien champêtre, presque précieuse, on peut s'en moquer, ricaner comme un snob devant la paysanne rougeaude.

Tous ces papillons et ces roses sont bien ridicules dans ce jardin enchanté. Et pourtant, je peux vous garantir que son pays perdu est notre dernier espoir. N'oublions pas que ses deux frères et sa sœur n'ont pas réussi à échapper à la nostalgie de ce paradis d'enfance : l'Eden dont parle Colette est aussi un enfer dont personne ne sortira vivant. J'aime comment Colette ose tout, elle s'adresse à moi, elle mélange le passé et mon désir, les arbres et ta mort. Elle qui vivait au-dessus du *Grand Véfour* nous séquestre et nous libère dans *Les Vrilles de la vigne*, comme dans *Le Pur et l'Impur*. C'est une panthéiste agnostique. Si c'était un plat cuisiné, Colette serait un truc de chez Passard, une explosion de saveurs végétaliennes. Tu sens que c'est bon pour la santé, mais tu t'éclates quand même la panse. Tu redécouvres la carotte, le céleri, le fenouil, les sentiments. Dans sa préface aux *Dialogues de bêtes*, Francis Jammes (un ami de mon grand-père[1]) écrit : « Il semble parfois que l'on naisse. On regarde. »

La solution à tous nos problèmes, le sens de la vie, l'existence de Dieu ? Il suffisait de regarder. Par exemple, cette « herbe profonde [qui] noie le pied des arbres ». Dans la jungle urbaine, au milieu des particules fines et des HLM, entre un taxi colérique et un kiosque en feu, Colette nous indique la voie pour sortir du capitalisme d'hyperconsommation à apocalypse climatique et paralysie sanitaire. Sa « chevelure

1. Pardonnez-moi cette publicité pour la famille Beigbeder, mais elle a son importance : Colette est une poétesse régionaliste, et Francis Jammes un habitué de la *Villa Navarre*, à Pau. *(Note de l'auteur exilé en Béarn.)*

embaumée de forêts » est votre dernière chance. Je sais que je parle comme un Parisien néorural, mais tant pis, j'assume mon désir de verdure. L'humanité ne peut plus vivre sans respirer. Colette est entrée en littérature quand le monde sentait la poussière. Elle a traversé deux guerres, et puis elle a ouvert la fenêtre. C'est la Jeanne d'Arc des temps individualistes : son épicurisme est anticonsumériste. Son hédonisme est un bouddhisme.

La morale de Colette, c'est qu'on peut atteindre un sommet de littérature… à condition de ne pas en faire. « Avec le minimum de moyens et le maximum de musique », résume Léon-Paul Fargue, son ami. Lire Colette est une nécessité en ce moment. Un exercice de salubrité littéraire. Colette est mieux que féministe : elle est féminine. Sa puissance tient à sa campagne natale. C'est une écologiste gourmande : le premier humain garanti 100 % bio. C'est une rose, une fraise, une chatte, « le vert délicieux et apaisant dont mon âme a soif ». Cette bête disparue nous montre le chemin à suivre, car bientôt nous n'aurons pas d'autre choix que de retourner sur une pelouse au bord de la mer, parler aux abeilles et aux rossignols, ressusciter l'amour maternel, cultiver notre potager sans glyphosate et relire tous les livres parfaits de la Dame du Palais-Royal, en attendant le tsunami final.

REMERCIEMENTS

L'auteur tient à remercier Jean-René Van der Plaetsen, Nicolas Ungemuth et Jean-Christophe Buisson du *Figaro magazine* ainsi que Lakis Proguidis de *L'Atelier du roman*, Maxime Dalle de *Raskar Kapac*, Aitor Marín de *Icon El País* et Nicolas Espitalier de *Sud Ouest Mag* d'avoir publié une première version de certains de ces textes.

Du même auteur :

Romans

Un barrage contre l'Atlantique, Grasset, 2022. Le Livre de Poche, 2023.

😂 *ou L'homme qui pleure de rire*, Grasset, 2020. Le Livre de Poche, 2021. Prix de La Petite Maison de Nice.

Une vie sans fin, Grasset, 2018. Le Livre de Poche, 2019. Prix Rive Gauche à Paris.

Oona & Salinger, Grasset, 2014. Le Livre de Poche, 2015.

Un roman français, Grasset, 2009. Le Livre de Poche, 2010. Prix Renaudot.

Au secours pardon, Grasset, 2007. Le Livre de Poche, 2016.

L'Égoïste romantique, Grasset, 2005. Le Livre de Poche, 2017.

Windows on the world, Grasset, 2003. Le Livre de Poche, 2015. Prix Interallié. Independent Foreign Fiction Prize.

99 francs, Grasset, 2000. Le Livre de Poche, 2015.

L'amour dure trois ans, Grasset, 1997. Le Livre de Poche, 2012.

Vacances dans le coma, Grasset, 1994. Le Livre de Poche, 1997.

Mémoires d'un jeune homme dérangé, La Table Ronde, 1990.

Nouvelles

Nouvelles sous ecstasy, Gallimard, coll. « L'infini », 1999.

Essais

Confessions d'un hétérosexuel légèrement dépassé, Albin Michel, 2023.

La frivolité est une affaire sérieuse, Éditions de l'Observatoire, 2018.

Conversations d'un enfant du siècle, Grasset, 2015. Le Livre de Poche, 2016.

Premier bilan après l'Apocalypse, Grasset, 2011. Le Livre de Poche, 2013.

Je crois moi non plus. Dialogue entre un évêque et un mécréant, avec Jean-Michel di Falco, Calmann-Lévy, 2004. Le Livre de Poche, 2005.

Dernier inventaire avant liquidation, Grasset, 2001. Le Livre de Poche, 2013.